异端者的悲哀

[日]谷崎润一郎——著
郑民钦——译

海峡出版发行集团 THE STRAITS PUBLISHING & DISTRIBUTING GROUP | 鹭江出版社 LUJIANG PUBLISHING HOUSE
2019年·厦门

图书在版编目（CIP）数据

异端者的悲哀 /（日）谷崎润一郎著；郑民钦译 . —厦门：鹭江出版社，2019.8

ISBN 978-7-5459-1635-5

Ⅰ. ①异… Ⅱ. ①谷…②郑… Ⅲ. ①短篇小说—小说集—日本—现代 Ⅳ. ① I313.45

中国版本图书馆 CIP 数据核字（2019）第 164237 号

YIDUANZHE DE BEIAI

异端者的悲哀

（日）谷崎润一郎 著 郑民钦 译

出版发行：鹭江出版社
地　　址：厦门市湖明路 22 号　　**邮政编码**：361004
印　　刷：三河市兴博印务有限公司
地　　址：河北省廊坊市三河市杨庄镇大窝头村西　　**邮政编码**：065200
开　　本：889mm × 1194mm　1/32
插　　页：2
印　　张：6.75
字　　数：105 千字
版　　次：2019 年 8 月第 1 版　　2019 年 8 月第 1 次印刷
书　　号：ISBN 978-7-5459-1635-5
定　　价：39.80 元

目录

文身

那时候，人们还是将“愚笨”视为高尚的道德，世间不像现在这样充满激烈的尔虞我诈、互相倾轧。那时候，为了让老爷和少爷们悠闲自在、面无愁云，为了让御殿女中[1]和勾栏花魁笑口常开、笑料不断，摇唇鼓舌的茶坊主[2]、插科打诨的帮闲[3]这种行当大行其道。天下太平，无风无浪。“女定九郎[4]、女

1 御殿女中，江户时代，在宫中、将军或大名宅邸从事内务的女性。

2 茶坊主，室町、江户时代在将军或大名身边伺候茶道的侍者，同时也办理各种杂事。剃发，故称“坊主”（和尚），但非僧侣，隶属于武士阶级。转指对权势者阿谀奉承的人。

3 帮闲，在宴席上伺候客人，陪酒说笑，演出小节目助兴的男人。

4 女定九郎，净琉璃《忠臣藏》描写定九郎的老婆杀死丈夫仇敌的故事。因其彪悍，故有“女定九郎”之称。后河竹默阿弥改编鹤屋南北的《女扇忠臣藏》，创作《女定九郎》。

自雷也[1]、女鸣神[2]”——当时的戏剧和草双纸[3]都在极力宣扬丽人乃强者、丑人乃弱者的观点。此风日炽，人们竞相追逐华美，于是竟然至于在天生的躯体上描绘彩画的境地。人们的肌肤都闪耀着或芳华强烈，或绚烂夺目的线条和色彩。

来往于马道[4]的客人，乘坐轿子，也要挑选有漂亮文身的轿夫。连吉原[5]、辰巳[6]的青楼女也迷恋身上有美丽文身的男人。赌徒、消防员自不待言，商人，乃至武士等也都文身。他们时常在两国[7]举办“刺青会”，与会者拍打各自的身体，夸耀文身

1　女自雷也，自雷也是江户后期的通俗小说中出现的虚构的盗贼、忍者，运用蛤蟆妖术作案。明治以后，改编为歌舞伎、净琉璃、讲谈（类似评书）等。“自雷也”源出中国的“我来也”，宋代实有其人，入户偷盗，在墙上留下“我来也”三字（沈淑《谐史》）。作者在此处将主角女性化。

2　女鸣神，歌舞伎狂言剧名。将原来《鸣神》中的男主角改编为女性，描写鸣神尼迷恋云之绝间之助的美色而破戒堕落的故事。

3　草双纸，日本古典通俗小说的一种，盛行于江户时代中期到后期，是当时大众小说的主流。

4　马道，江户时代骑马前往花街柳巷吉原的道路，后改为坐轿。在浅草一带。

5　今东京都江都区，旧时为著名花街。

6　今东京都深川区，旧时花街。

7　两国，位于东京都墨田区，有国技馆等。

构图的奇思妙想，互相评判。

当时有一个年轻的文身师，名叫清吉，技艺精湛，受到人们盛赞，称其与浅草的茶利文，松岛町的奴平、昆昆次郎[1]相比，毫不逊色，名声大噪。在他的笔下，几十个人的肌肤变成一幅色彩斑斓的绢画，在刺青会上获得大家一致盛赞的文身大多出自他的手笔。达摩金擅长“晕刺”，唐草权太[2]以“朱刺”著称，清吉则以别出心裁的构图和妖艳秾丽的线条蜚声遐迩。

清吉原先仰慕丰国国贞[3]的风格，打算当一名浮世绘画师谋生，但堕为文身师后，依然保持着画家的良知和敏锐的感觉。如果这个人的肌肤和骨骼结构不能打动他的心，就别想让他文身。即使勉而为之，构图和费用一切都由他说了算，而且还要忍受一两个月难熬的针刺之苦。

这个年轻的文身师内心潜藏着一种不为人知的快乐和夙愿。当他下针的时候，满含鲜血的皮肉鼓起，一般人都难以忍受这种割心的疼痛，发出痛苦的呻吟声。但是，这种呻吟声

1　茶利文、奴平、昆昆次郎都是江户时代的文身师。

2　达摩金、唐草权太都是江户时代的文身师。

3　即歌川国贞（1786—1864），浮世绘画家。

越剧烈，他就越感到一种难以言喻的快感。据说文身时使用让人最为疼痛的朱刺和晕刺的手法，会让他尤为高兴。一天平均五六百针，为了打雾（上色）效果更佳，进针后要泡热水澡，出来以后，无论多么健壮的人，都已经半死不活，躺倒在清吉的脚下，有的甚至身子一动不动。清吉总是冷漠地看着这种惨象，一边说“一定很痛吧”，一边开心地笑起来。

没出息的男人简直就像死到临头，歪着嘴，咬紧牙关，嗷嗷尖叫。一见到这种人，清吉就说道：“你真不是江户的大男人。忍着点吧！——我清吉的针可不是一般的疼。”然后斜眼瞧着泪水汪汪的那个人，毫不怜悯地刺下去。

意志坚强的人忍受痛苦，横下一条心，连眉毛也不皱一下。遇到这样的人，他就说：“哼，你小子，还真看不出来是条硬汉。——不过，马上就会疼的，肯定会让你痛得死去活来。”说罢，露出白牙笑起来。

清吉多年的夙愿就是想得到一位美女的富有光泽的肌肤，将自己的灵魂注入进去。对于这位女子的素质和容貌，他有许多苛刻的要求。不仅仅满足于貌美如花、肌肤细腻，查遍江户城所有花街柳巷的名妓，其风韵雅致没有一个合他的心意。他在心中描绘这个意中人的风姿韵致，虽然这三四年一无所获，可是他并没有放弃这个心愿。

第四年的夏天，一个傍晚，他路过深川的平清餐馆门前时，忽然看见停在门口的轿子的帘子后面露出一双女子洁白的裸足。在他敏锐的目光里，脚丫具有与面部同样复杂的表情。对他来说，这一双美足是高贵的肉质的珠宝：从大拇指到小趾，纤细的五根脚趾排列得整整齐齐；指甲的颜色犹如从江之岛海边拾捡的粉红色贝肉；圆润的脚后跟；仿佛不停地被清冽的山泉洗濯的润泽皮肤。这是一双即将得到男人鲜血的滋养、即将踩踏男人身躯的美足。他觉得，这个女人才是他多年遍寻不至、梦寐以求的女中之女。清吉抑制无比激动的心情，一直跟随在她的轿子后面，想一睹芳容。然而跟随二三町[1]后，就不见其踪影。

这一年年底，清吉对这个女子的憧憬之心，变为强烈的恋情。

1　町，长度单位。1 町约 109 米。

第五年春天，即将进入暮春的一天早晨，他坐在深川佐贺町的临时寓所里，嘴含牙签，观赏着摆放在外廊上种有斑竹的万年青的盆景。这时，听见院子后门似乎有人来访的动静，接着，一个陌生的小姑娘从翼墙后面走进来。

她是清吉的相好、辰巳的艺伎派来的送信人。

“姐姐让我把这件和服短外褂交给师傅，请您在衣服的衬里上描绘一幅画……”

说着，小姑娘解开姜黄色的包袱皮，从中拿出用绘有岩井杜若[1]肖像画的和纸包裹的短外褂和一封信。

信中恳请清吉为短外褂绘画，最后还说：“派去送衣服的小女子最近将作为我的妹妹正式陪酒伺宴，请您既不要忘记我，也要为她捧场抬爱。”

“我对你好像没有印象，你最近到我这里来过吗？”

清吉端详这个姑娘，年龄十六七，但长相极其妩媚秀丽，仿佛长年累月在花街柳巷摸爬滚打，玩弄过几十名男人心魂的

1 岩井杜若（1776—1847），即第五代岩井半四郎。江户时代的歌舞伎演员。

半老徐娘一样，风采袭人。这是在集中全国的罪恶和财富的都城里，从几十年前开始一直生生死死的众多俊男靓女的无数梦想中诞生出来的国色天香。

“去年六月左右，你曾经从平清坐轿回去过吗？”

清吉让她坐在外廊上，仔细观察那一双放在备后榻榻米席面[1]上的玲珑精致的脚。

姑娘觉得这个问题有点莫名其妙，便笑着回答：“是的。去年那个时候，家父还健在，时常去平清。”

“我等了你整整五年。虽然今天是第一次见面，但是我记得你的脚。——我想让你看一件东西，你上来慢慢欣赏。”

说着，清吉拉着正准备告辞的姑娘的小手，领着她来到面临大河的二层房间里，取出两卷画轴，在姑娘面前打开其中的一卷。

那是一幅描写古代暴君纣王的宠妃末喜[2]的画图：她头戴镶满宝石珊瑚的金冠，似乎不堪重负，身体柔弱婀娜，慵懒地

1 指备后地区生产的高级榻榻米席面。

2 末喜（妹喜）是夏桀的妃子，作者注此处为“妲己”。

倚靠在栏杆上，绫罗绸缎的衣裳，下摆翻飞在台阶的中间。她右手举着大酒杯，看着庭前即将作为牺牲受刑的男子，那种王妃的气势；还有四肢被铁链锁在铜柱上，在王妃面前低头闭眼等待命运最后时刻来临的男子，那种表情，都被惟妙惟肖地刻画出来。

姑娘起初好奇地凝视这怪异的画面，接着，不知不觉地目光发亮、嘴唇颤动。奇怪的是，她的容貌竟逐渐与画中的王妃越来越相似。姑娘从绘画里发现隐藏其中的真正的“自我”。

“这幅画反映出你的心。”

清吉边说边笑，观察姑娘的表情。

姑娘抬起苍白的额头说道：“为什么给我看这么可怕的画？”

“因为画上的女人就是你。这个女人的血液应该已经融化在你的身体里。”

说着，他又打开另一卷画。

这幅画题名《肥料》。画面中间，一个年轻女子倚靠樱花树干上，凝视着脚下横七竖八倒毙的男人们的累累尸骸。许许多多的小鸟在女子身边飞翔歌唱，女子的眼睛里洋溢着无法抑制的骄傲与欢快的神色。这是厮杀刚刚结束的战场，还是花园的春天美景？姑娘看着这幅画，仿佛自然而然地从中触摸到潜藏内心深处的某种东西。

清吉指着画面上与姑娘的面容毫无二致的女子说道：“这里画的是你的未来。这些尸骸都是以后为你舍弃性命的人。”

“求你了，赶快把画收起来吧。”

姑娘像是回避诱惑，转身背对画面，俯身趴在草席上，接着又颤抖着嘴唇说道：“师傅，我向您坦白，正如您所指出的那样，我的确具有与画上女子一样的秉性。——所以，请原谅，把画收起来吧。”

“别说这种怯弱的话，你应该更加用心看这幅画。害怕也只是暂时的。”

清吉的脸上飘过平时常见的恶毒的笑容。

然而，姑娘没有抬起头来，用和服衬衣的袖子遮盖面部，依然俯身趴在草席上，重复几遍：“师傅，您放我回去吧。在您身边，我害怕。”

“不，你先别走。我要把你变成美丽无比的女人。”

清吉不动声色地走到姑娘身边，他的怀里藏着以前从荷兰医生那里弄到的催眠药的瓶子。

灿烂的阳光照射河面，映照着八叠榻榻米的房间金光璀璨。从水面反射上来的光线，在熟睡的姑娘脸上、在隔扇的贴纸上描绘出金色的波纹的荡漾。清吉关紧房门，拿起文身的器具，茫然独坐。他现在可以无所顾忌地尽情品味姑娘的美妙姿容。他面对姑娘纹丝不动的俏脸，觉得就这样静坐这里十年百年也不会厌烦。如同古代孟斐斯人用金字塔和狮身人面像装饰庄严的埃及天地那样，清吉要使用自己的爱恋彩绘清净纯洁的人的肌肤。

然后，他左手的小指、无名指和大拇指夹住的画笔笔尖，横贴在姑娘后背上，右手按着上面针刺下去。年轻的文身师的灵魂融化在墨汁里，渗透进皮肤里。蘸着烧酒一滴一滴刺进皮肤里的琉球朱[1]是他生命的点点滴滴。他从中看到自己灵魂的颜色。

不知不觉已到午后，晴朗的春日逐渐黯淡下来。清吉的手

1 产于琉球的红颜料。

一直没有停歇，姑娘也一直沉睡不醒。箱屋[1]见姑娘迟迟不回，放心不下，过来询问，清吉说“那姑娘早就回去了”，把人家打发走了。

月亮爬上河对岸土州宅邸的上空，梦幻般的月光泄进沿岸一带家家户户的房间里时，他的文身还不到一半。清吉神情专注地把烛芯挑亮。

对他来说，打雾绝非易事，哪怕是一点颜色也非常困难。每一次刺针、拔针，都深深喘气，感觉是刺进自己的心。针刺的线条逐渐扩大，渐具络新妇[2]的雏形。当夜色再一次消退，东方吐白的时候，这只不可思议的魔性动物终于伸长八条腿趴在整个背上。

在河面上来来往往的船只的摇橹声中，春夜破晓，晨风鼓满白帆，笼罩帆顶的朝霞开始变得淡薄，晨光在中洲、箱崎、灵岸岛的家家户户的屋瓦上闪烁的时候，清吉终于放下画笔，

1　箱屋，给艺伎提三味线盒子的跟班。

2　络新妇，蜘蛛的一种。雌蛛腹部有绿青色和黄色相间的横纹。日本民间故事将其变成女妖，白天是美女，夜晚露出蜘蛛原形，诱惑男子，取其首级食用。

欣赏着姑娘背上的蜘蛛形状。这个文身才真正是他的全部生命。这项工作已经完成，他现在的心灵极度空虚。

两个人影都一动不动。接着，听见嘶哑的细微的声音在房间的四壁颤动：

“我为了把你变成一个真正的美女，在文身中注入自己的灵魂。从今以后，全日本没有一个女人比你优秀。你也不会像以前那样胆小，所有的男人都将成为你的肥料……”

仿佛这些话传递到姑娘的心里，她的嘴唇发出轻如细丝般的呻吟声。她逐渐恢复知觉。她沉重地呼吸，背上的蜘蛛脚栩栩如生地蠕动。

“你很痛苦吧？因为整个身体被蜘蛛紧紧抱住。”

姑娘无意识地微睁双眼，她的眸子仿佛为月色增光，渐渐放射出光辉，映照在清吉的脸上。

“师傅，快让我看看背上的文身。我既然获得您的生命，一定变得非常漂亮吧。”

姑娘的话如梦似幻，但是她的语调具有一种尖锐的力量。

清吉的嘴唇贴在她耳边，安抚般地细语：“现在要去浴室泡在热水里，使得打雾更具效果。会很疼痛的，忍耐一下吧。”

“只要能变得漂亮，什么苦我都能忍受。”

姑娘极力忍受着体内的痛苦，勉强微笑着说。

“啊，热水透进肌肤里，好痛啊……师傅，求您了，把我扔在这里，您上二楼去等着我。我不愿意让男人看见我这悲惨的样子。”

姑娘走出浴盆，身子也不擦，推开清吉安抚她伸过来的手，因剧痛一头倒在冲洗间的地板上，如梦呓般喘息呻吟。一头乱发疯狂而妖艳地散乱在脸颊。她的身后立着一面镜子，镜子里映照出她的一双雪白的脚掌。

清吉对女子与昨天截然不同的态度大吃一惊。他按照姑娘的吩咐，走上二楼等待。大约一个小时以后，女子梳洗完毕，长发披肩，穿着整齐地上来，没有丝毫痛苦的表情，眉宇舒放，目光清朗明亮，倚在栏杆上，仰望略微朦胧的天空。

“这幅画连同文身一起送给你，你拿回去吧。”

清吉把画卷递到女子面前。

“师傅，我已经彻底抛弃了以前的胆怯之心。因为您第一个成为我的肥料。”

女子闪耀着利剑般的目光。她的耳边回响着凯歌的旋律。

清吉说："回去之前，让我再看一眼文身。"

女子默默点了点头，脱下衣服。这时，朝阳照射在文身上，女子的背部辉煌灿烂。

麒麟

凤兮，凤兮，何德之衰？

往者不可谏，来者犹可追。而已，而已。今之从政者殆而！

公元前493年。据左丘明、孟轲、司马迁等之记述，鲁定公举行第十三年郊祭的春天之始，孔子由数名弟子伴随车驾左右，从故乡鲁国踏上传道之途。

泗水河畔，芳草吐绿，防山、尼丘、五峰的山顶积雪虽然融化，但夹裹沙漠沙石呼啸而来的如匈奴一样的朔风，依然凛冽劲吹，残留着寒冬的凌厉。子路精神振奋，身上的紫貂裘在风中翻飞，走在一行人的前头。深沉凝思的颜渊、忠厚笃实的曾参，都脚穿麻履跟随其后。老实巴交的驾车人樊迟手执马车之缰绳，不时窥视车上孔夫子的衰老面容，为老师悲惨的漂泊身世潸然泪下。

一日，一行人终于来到鲁国边境，大家都恋恋不舍地回头眺望故乡的方向，但来路被龟山阻挡，望而不见。此时，孔子援琴，用苍凉沙哑的声音唱道：

予欲望鲁兮，
龟山蔽之。
手无斧柯，
奈龟山何！

一行人继续往北行进。大约三天后，来到一片原野。从辽阔的原野传来悠扬舒放的歌声。一个身上用绳子捆着鹿裘的老人，一边拾着田埂上的落穗，一边歌唱。

孔子回头问子路："由，你觉得那首歌怎么样？"

"从那老者的歌声里听不出老师歌声里那样的悲哀情调，而是如小鸟飞翔在天空那样自由自在。"

"定然如此。他正是往昔老子之弟子，名叫林类，即将年届百岁吧。每逢春天来临，他总是来到田间，一边唱歌一边拾捡落穗。你们谁过去和他攀谈攀谈吧。”

于是，弟子之一的子贡跑到田地边上，迎上老者，询问道：“先生这样边唱边拾谷穗，难道没有什么可后悔的吗？”

然而，老者头也不回，依然全神贯注地继续边拾落穗边唱歌，一步一步往前走。子贡仍然跟随其后，一直追问。老者终于停止歌唱，仔细打量端详一番子贡后，开口说道：“我有什么可后悔的？”

“先生少不勤行，长不竞时，老无妻子，死期将至，亦有何乐而拾穗行歌乎？”

老者听罢，哈哈笑道：“我视为快乐的东西，世人皆有，但世人反而视之为忧。少不勤行，长不竞时，老无妻子，死期将至，老夫正以此为乐。”

子贡进一步问道：“人皆期望长寿，悲伤死亡。先生缘何反以死为乐？”

“死与生，乃一往一返。此处死，则彼处生。我深知为求生而辛苦忙碌之困惑。今日之死与昔日之生有何不同？”

老者回答后，又开始唱歌。子贡不明老者所言，便返回报告老师。

孔子说:“果然是可与交谈之人，然看似尚未尽得其道。”

一行人又行走多日，长途跋涉，涉过淇水。孔子的缁布冠满是灰尘，狐裘也因风吹日晒而褪色。

一进入卫国都城，街头巷尾人们都指着一行人的车子纷纷议论道:“从鲁国来了一位名叫孔丘的圣人。大概他会把幸教和贤政教给我们残暴无道的国君和王妃吧。”

他们个个面黄肌瘦，疲顿羸弱，户户家徒四壁，充满哀怨忧愁之色。这个国家，所有美丽的鲜花，只因为要让宫中的王妃观赏，全部移栽；所有的肥猪，只因为要让宫中的王妃品尝，全部进贡，温暖和煦的春日洒落在这灰暗荒凉的街头。矗立在国都中央山丘上如五彩长虹的刺绣般漂亮的宫殿，像一头喝饱鲜血的猛兽，俯瞰着尸骸般的市街。这时，从宫殿的深处传出钟声，如猛兽怒吼，轰鸣声传向全国的四面八方。

孔子又问子路:“由啊，你听这钟声，有什么想法？”

“那钟声既不同于老师向上天倾诉般缥缈无常的情调，也不同于听天由命自由豁达的林类的歌声，而是包藏着忤逆天意、寻欢作乐的暴戾之心。”

孔子教导说：“诚然。那是往昔卫襄公耗尽全国之财力、劳力铸造出来的大钟，称为林钟。当这钟被敲响的时候，在御园的所有树林中传递回响，发出可怕的声音。这种令人恐惧的声音甚至可以封闭备受暴政迫害的人们的诅咒和泪水。”

卫灵公将云母屏风、玛瑙榻搬到可以纵览广袤国土的灵台的栏杆附近，与身穿青云之裳、低垂白霓之裾的夫人南子，一边交杯换盏，畅饮秬鬯，一边眺望沉睡于万斛霞光之下的青山绿野的春色。

“天地阳光普照，明媚如甘洌清泉，可为什么我国之民居不见鸟语花香？”卫灵公紧蹙眉头，感到疑惑。

伺候君侧的宦者雍渠回答道：“这是因为我国之民景仰吾王之仁德、赞美夫人之美貌，故而将鲜花异卉悉数奉献，移栽于宫中庭园；连全国的小鸟也都欣羡花香，全部聚集在花园四周。”

就在此时，孔子的车子从灵台下面经过，玉銮珊珊，打破萧条街道的宁静。

同样伺候一旁的将军王孙贾惊讶地瞪大眼睛，说道："乘车者何人也？此人头似尧，项似皋陶，肩似子产，而腰以下不及禹三寸。"

南子夫人回头看着将军，指着远去的车影，问道："可是，那个男人的面容多么愁苦悲戚啊！将军，你见多识广，请告诉我，他从何处来？"

王孙贾解释道："我年轻时候周游列国，除了周的史官老聃之外，没有见过别的像他这样相貌魁奇的男子。如此说来，此人正是在本国从政不得志、走上传道之途的鲁国圣人孔子。此人诞生时，据说鲁国现麒麟，闻钧天之乐，神女天降，而且有异相，牛唇、虎掌、龟脊，长九尺又六寸，具备成汤之容体。定是此人无疑。"

卫灵公喝干杯中酒，问将军道："这个圣人孔子教人何术？"

将军再次说明："所谓圣人者，即掌握世上所有知识的钥匙。然而，此人专门向各国国君传授齐家、富国、平天下的为政之道。"

"我遍寻天下之美色而得南子，收敛四方之财宝而造此宫殿。我在此宫殿之上称霸天下，希望具有与夫人和宫殿相称的权威。你设法请圣人过来，让他向我传授平天下之术。”

灵公瞧着隔桌对坐的夫人的嘴唇，不管怎么说，因为平时灵公心里有什么想法要表达，都不是用自己的话语，而是通过夫人的嘴说出来。

“我想见天下之奇人。倘若那个面含愁苦的人真是圣人，定然会让我见识他的种种怪异之处。”

夫人说罢，抬起如梦似幻的眼睛，眺望已经远去的车子。

孔子一行来到北宫前的时候，一个貌似精明干练的官员带着众多随从，执鞭屈产驷马，车座右席虚位，恭迎一行。

仲叔圉下车，谦恭致意：“我名叫仲叔圉，奉灵公之命，前来迎接先生。先生此次踏上传道之路，四方各国皆有风闻。先生长途奔波，翠绿车盖被风吹破，车轭磨损，声音浑浊。我等愿以此新车换之，然请先生枉驾宫殿，向我公授以治国安民之道。西圃之南，温泉沸腾，清如水晶，可为先生洗尘，解除疲劳。御园所产柚子、橙子、橘子等芳香水果，甘甜多汁，可为先生润喉解渴。另有御囿饲养之豚、熊、豹、牛、羊，肥美膏腴，可为先生张烛进馔。但愿先生驻车本国二月三月、一年十载，以开愚等不敏之心，启盲瞽之目。”

孔子回答道：“我所期望者，并非拥有豪华宫殿的王者之财富，而是仰慕三王之道的国君之诚心。万乘之位尚不足为桀纣所奢，百里之国布尧舜之政亦不狭小。灵公若有志除天下之祸、图庶民之幸，此国作为我的埋骨之地亦无悔。”

接着，孔子一行被引进宫殿深处。他们的黑色鞋子踏在纤尘不染的石板地上响起咔嚓咔嚓的脚步声。

掺掺女手，

可以缝裳。

众多女官一边齐声歌唱，一边从梭声嘹亮的织锦房前走过。桃花如棉，璀璨盛开。从桃林深处的御囿传来牛羊慵懒的哞叫声。

灵公听过贤者仲叔圉的安排后，便远离夫人等所有女色，洗漱浸淫寻欢作乐美酒的嘴唇，正衣冠，恭请孔子至一室，请教富国强兵王天下之道。

然而，孔圣人对伤害别国、杀戮人命之战事概不作答，对榨取民脂民膏、掠夺百姓财富之事亦不予指导。严肃论述的并非军事、产业，而首先是以德为贵之道。讲解以力使列国屈服的霸者之道和以仁治理天下的王者之道的区别。圣人告诫道："倘公真心羡王者之德，必先克私欲。"

从这一天开始，灵公不再对夫人言听计从，只有圣人的话才能打动他的心。早朝庙堂，问政于孔子；夕临灵台，向孔子请教天文四时之运行；夜晚也不去夫人之香闺。织锦房之梭声变成学习六艺的官员的弓弦之声、马蹄之声、箪箓之声。一日清晨，灵公独上灵台，眺望山河，只见山野小鸟鸣啭，民居鲜花绽放，百姓安居乐业，一边耕作，一边唱歌赞美灵公之德政。见此光景，灵公不禁感动落泪。

"您为何如此哭泣呢？"

这时，他忽然听见身后传来的声音，并且一股摄人魂魄的媚香挑逗他的鼻子。这是南子夫人含在嘴里的鸡舌香以及经常挂在身上的西域香料蔷薇水的香气。从久已忘却的美女身上散发出来的香气的魔力如锐利的爪子残酷地抓住灵公玉石般的心灵。

“你不要用怪异挑逗的眼神凝视我的眼睛，你不要用柔软细嫩的手臂缠住我的身体。我虽然已经从圣人那里学到克服罪恶之道，但还不知道对美丽的力量的防御之术。”说罢，灵公推开夫人的手，把脸背过去。

“啊，那个叫孔丘的，什么时候把您从臣妾的手里夺走了？臣妾过去没有爱您，这不足为怪，但是，您没有不爱臣妾的理由啊。”

南子怒不可遏，嘴唇颤抖。她嫁到卫国之前，有一个情夫，名叫宋朝，是宋国的公子。夫人的愤怒，与其说是因为丈夫对自己的爱情的减退，不如说自己失去了控制丈夫心灵的力量。

“我不是不爱你。从今天起，我就像丈夫爱妻子那样爱你。以前，我爱你，就像奴隶伺候主子，就像人崇拜神。我为你献上我的国家、献上我的财富、献上我的臣民、献上我的生命，只是为了讨取你的欢心。这是我以前全部的工作。然而，经过圣人的教诲，我知道了还有比这个更宝贵的工作。以前，你的肉体之美是我至高无上的力量。但是，圣人心灵的感应给予我比你的肉体更加强大的力量。”

灵公在表达自己的决心时，不知不觉地抬头耸肩，直视夫人的怒容，表现出盛气凌人的态度。

“您绝不是敢于违背臣妾的话的强人。您真是一个可怜虫。没有比不能掌握属于自己的权力的人更可怜的了。臣妾可以立即把您从孔子的手上夺回来。您的嘴巴刚才说得何其冠冕堂皇，但是您的眼睛不是丧魂失魄地陶醉于臣妾的容貌吗？臣妾具有对所有男人摄魂夺魄的本领。您瞧着吧，臣妾很快也会让那个叫作孔丘的圣人成为臣妾的俘虏。”

夫人傲慢地微笑着斜藐灵公一眼，离开灵台，衣裾发出急促粗暴的窸窣声。

灵公这些日子一直保持的平静心态已经发生两股力量的颉颃搏斗。

“凡来卫国之四方君子，无论何事，必定拜谒夫人，无一例外。听闻圣人重视礼仪，缘何未见来访？”

当宦者雍渠传达夫人的旨意时，谦逊的圣人无法拒绝。

孔子率弟子一行来到南子的宫殿请安，北面稽首，夫人于锦帷后面面南而坐，可以看见她的一点绣履。夫人低首向孔子一行答礼时，隐约闻见颈饰之步摇与腕环之瓔珞珠子相搏之璆然妙声。

“凡来卫国见过小女之人，众口一词，皆说‘夫人颡似妲己、目似褒姒’，万分惊奇。先生若是真圣人，请告诉小女：自三王五帝至今，这天地之间有比小女更漂亮的女子吗？”

夫人说罢，掀开锦帷，嫣然笑粲，招呼大家来到她跟前。只见夫人头戴凤冠、发插金钗和玳瑁笄，身着鳞衣霓裳，笑靥如花，灿若日光。

孔子说道：“我闻夫人德高望重，却不知如此国色天香。”

于是，南子进而说道：“小女遍寻搜集世上奇货异宝，库房中藏有大屈之金、垂棘之璧。庭园里有偻句之龟、昆仑之鹤。然小女未曾见过据说圣人降生之时出现的麒麟，也未见过据说在圣人胸中的七窍。倘若先生是真正的圣人，能否让小女一饱眼福？”

孔子顿时脸色凝重起来，严肃说道：“我对什么稀罕的东西、不可思议的东西一无所知。我所学的都是匹夫匹妇也知道，而且非知不可的东西。”

“凡见过小女之面、听过小女之声的男人，无不颦眉舒展、愁容开颜，缘何先生依然神色悲催呢？在小女看来，愁眉苦脸皆丑陋。小女认识宋国一个名叫宋朝的年轻人，其人虽无先生之高俊前额，却有春天晴空般晶莹透亮的眼睛。另外，小女的近侍中有一个名叫雍渠的宦者，其人虽无先生之庄严声音，却有春鸟般如簧巧舌。倘若先生是真正的圣人，也必定具有与深邃之心灵相得益彰的俊丽面容。小女现在就为先生拂去脸上的惨云愁雾。”

南子回首，命左右近侍取来一函。

“小女持有各种香料。当心灵苦恼的人吸入这种香气时，便潜心向往美丽的虚幻世界。”

夫人话音刚落，只见七个头戴金冠、腰系莲花带的女官各自捧着一座香炉，环绕圣人身边。

夫人打开香函，取出七种香，分别放进七座香炉里。七缕馥郁的香烟顺着绣金锦帷袅袅上升。这些或黄或紫或白的檀香烟中，寄托着南面大海海底长达几百年的奇异梦想。十二种郁金香凝聚着春霞所孕育的芳草精华。从栖息于大石口泽中的龙的唾液中精制出来的龙涎香的香气，从生长于交州的蜜香树的根部提炼出来的沉香香气，都具有诱惑人心，飘向遥远的甘美的幻想之国的魔力。然而，圣人的神情只是变得越发愁苦阴沉。

夫人莞尔一笑，说道："哦，先生之容颜终于变得光彩耀眼。小女还有各种美酒和酒杯。正如烟香可以使先生痛苦的灵魂如饮甘露，这滴滴美酒也可以给予先生凛然身躯以舒服安乐。"

于是，七个头戴银冠、腰系蒲桃带的女官将各色各样的美酒和酒杯恭恭敬敬地摆放在桌子上。

夫人亲自给每一盏珍奇的酒杯斟上美酒，请各位品尝。那酒的味道产生奇妙的作用，让人们藐视正确事物的价值，而萌生喜爱美丽东西的心情。晶莹剔透翡翠色的碧瑶杯里，美酒如甘露，带来人间没有的天堂般的快乐。当清凉的美酒斟入薄如纸的青玉色自暖杯里时，一会儿热气腾腾如沸汤，愁肠也会烧热。还有用从南面的大海里捕捉的大虾制成的虾鱼头杯，伸出数尺暴怒般的红须，杯身上镶嵌着金银碎点，如浪花飞沫。但是，圣人眉头紧蹙，越锁越紧。

夫人更是眉开眼笑，说道："先生愈加容光焕发。小女还有各种鸟兽之肉。烟香洗濯灵魂之烦恼，美酒轻松躯体之僵硬，那么现在就必须以山珍海味满足您的舌尖胃口。"

于是，七个头戴珠冠、腰系菜萸带的女官端出盛放着各种鸟兽肉的盘子摆在桌子上。

夫人又劝大家一一品尝各种食品。其中有玄豹胎、丹穴雏、昆山龙肉干、封兽蹯。只要把其中的任何一种美味肉片衔在嘴里，人心就无暇思考任何善恶之事。然而，圣人始终脸色阴沉。

夫人第三次笑容可掬地说道："啊，先生现在更是英姿飒爽，仪容更是庄严大方。嗅闻过幽妙之香，品尝过醇厚美酒，啖啮过肥浓肉脯，就能生存于凡人梦想不到的强烈、激越、美丽的荒唐世界，逃避尘世的烦忧苦闷。小女现在就让先生见识一下这样的世界。"

夫人说罢，回头看一眼近侍的宦者，然后指着垂挂在整个房间正面的帷幕。接着，褶皱重重叠叠的绣锦帷幕从中间向两边徐徐分开。

帷幕后面是面对庭院的阶梯，阶下是芳草萌芽的嫩绿地面，在春天和煦的阳光里，只见地面上有各种各样的东西，或仰面朝天，或匍匐在地，或跳跃，或格斗，形态各异，以数不清的形式抱成一团，扭结滚动。时而发出粗野、尖细的凄厉哀叫和呻吟。有的人鲜血淋漓，如绽开的牡丹；有的人如受伤的鸽子，浑身战栗。他们一半是触犯本国严厉的法律、一半是为了让夫人欣赏开心而被施加酷刑的囚徒。所有的人都身无片缕，体无完肤。其中还有仅仅因为议论夫人的恶德，就受到炮烙毁容、长枷套颈、铁链贯耳酷刑的人们。有的女子因为让灵公动心，遭到夫人的嫉妒，就遭受劓刖之刑，铁索系身。南子看着这样的景象，陶醉其中，其面容如诗人之优美、哲人之严肃。

“小女常与灵公驱车过市，若见来往女子中有令灵公含情流眄者，皆捕之，使其受此命运。小女今日欲陪灵公与先生穿过都城市街，若遇见那些罪犯，请先生也不要违逆小女之心。”

夫人的话语包含着咄咄逼人的巨大威严。夫人往往是颜色温柔，说话残酷。

公元前493年春天，一日，在黄河与淇水之间的商墟之地、卫国国都的街道上，出现两辆驷马车驾。两个孺女（女童）持翳（羽毛做的华盖）分立左右，众多文官、女官簇拥跟随第一辆车子，车上乘坐着卫灵公、宦者雍渠，以及以妲己、褒姒之心为己心的南子夫人。第二辆车子上乘坐的是以尧舜之心为己心的陬邑（今曲阜）乡下的圣人孔子，前后跟随数名弟子。

聚集在街头巷尾的百姓仰望着车列的通过，议论纷纷：

“啊，看来这个圣人之德敌不过夫人的暴虐。从今以后，夫人的话又要成为卫国的法律了。”

“那个圣人垂头丧气的样子，那个夫人多么神气自傲啊。可从来没见过夫人像今天这么漂亮。”

当天晚上，夫人精心化妆，比平日更加妖艳，斜卧深闺绣榻，直至深夜，乃闻足声悄然而至，轻叩房门。

“啊，您终于回到我身边来了。以后再也不能这样长久地离开臣妾的怀抱了。”

夫人舒展双臂，将长袂围裹住灵公。烈酒燃烧，炽热柔嫩的手臂如一道无法解开的绳索紧紧捆住灵公的身体。

灵公颤抖着声音说道：“我恨你。你是一个可怕的女人。你是毁灭我的恶魔。但是，我无论如何也离不开你。”

夫人的眼睛闪耀着邪恶的自豪。

翌日清晨，孔子一行重新踏上传道之路，奔向曹国。

“吾未见好德如好色者也。”

这是圣人离开卫国时说的最后一句话。

这句话记载在那本弥足珍贵的《论语》里，流传至今。

恶魔

当夜行列车穿越黝黑的箱根山时，从车窗能看见星星点点的山北富士纺的灯火，很快，佐伯又迷迷糊糊地睡着了。当他再次醒来的时候，短暂的黑夜已经完全明亮，从蔚蓝色的晴朗的品川海方向，清爽的阳光如中午一样强烈从窗户直射进来，乘客们都纷纷站起来，正在从行李架上取行李。一下子照射进来的明媚阳光所产生的兴奋感，把他从昨夜不胜酒力的痛苦幻梦的世界中摆脱出来，他不由自主地站起来对着太阳合掌致谢。

“啊，我终于活着回东京了。”

他这么一想，深吐一口气，摸了摸自己的胸口。从名古屋到东京这一点路程，他记不清几次下车出站住旅馆了。唯有这一次旅行，他乘坐的火车刚跑一个小时，他就对火车表现出极度的恐惧。那车轮隆隆行驶的凄厉声响仿佛以一种巨大的气势恐吓着自己衰弱的心灵。当车头在铁桥上、隧道里奔驰的时候，那疯狂的“咣当咣当”的巨响让他头昏脑涨，胆战心惊，心脏狂跳，觉得一下子就会昏厥晕倒。今年夏天，他见祖母猝死于脑溢血，于是立即担心自己平时贪杯的身体状况，生怕不知道在何时这种恐怖会降临到自己的头上。一旦在火车里想到这件事，全身的血整个都涌上脑门，脸上像着火一样发热。

“啊，我真的忍受不了！要死了，要死了……”

他一边叫喊，一边紧紧倚靠在正翻山越野奔驰的列车的窗框上。他焦急地想让自己的心情平静下来，但强迫观念如海啸般在他的脑中波涛汹涌，他莫名其妙地浑身颤抖，心跳加速，仿佛马上就会发生窒息的危险。到了下一个火车站，他就脸色煞白地从车厢跳到站台，像捡了一条命似的，从月台一溜烟往车站外面跑去，然后才好容易回过神来。

“真是捡了一条小命。再在车厢里多待五分钟，一定必死无疑。”

他心里这么想着，就在车站附近找一家旅馆休息一两个小时，有时过一个晚上，等整个身体调整过来，精神状态完全平静下来，再战战兢兢地坐下一班火车。这一路上，他在丰桥住了一晚，在滨松住了一晚，昨日傍晚在静冈下车，看到天色渐晚，在旅馆二楼的房间里都能感觉到不安和恐惧慢慢迫近，于是觉得这个地方也待不下去，又回过头急急忙忙逃到夜行火车上，灌了很多酒才勉强睡下。

“不管怎么说，总算平安无事地抵达东京了。”

他在新桥车站里边走边想，回首这次自己的火车羁旅，可谓惊心动魄。从静冈开始，这个一身傻力气的家伙以其鲁莽的速度在几十里的大平原上穿山破野，一路狂奔，吓坏沿途的那些人。最后肆无忌惮地鸣叫着进入车站的怪物精疲力尽、慵懒松懈地将它大而无当的身躯横躺在站台边，从它的鼻孔发出“哼哧哼哧”的震动地面的喘息，似乎在说“给我一杯水”。如同背景画上所描绘的那样，机车一边打着哈欠一边慢悠悠地瞪着邪恶的大眼睛，仿佛在嘲笑身后即将逃离而去的背影。

他走出熙熙攘攘的昏黑石台阶的车站，在正门坐进出租车的时候，一边将旅行包夹在两腿之间，一边对司机说：“喂，把帘子拉上去。”他无法忍受从宽敞的停车场那火辣辣的地面反射上来的闪闪刺目的光线的刺激，用手挡着被晃的双眼。

东京刚刚进入九月，秋老虎的余威尚在，夏天的大都市洋溢着大自然与人的旺盛的活力——在这些比特快列车更加威猛强大的势头面前，佐伯不得不面对这一切。人们背负着强烈的阳光像飘散的火星一样，在剑一般伸展的铁轨上穿行的电车的隆响中，在充斥着无边无际热气的天空的闪耀中，在从家家户户的后面袅袅上升的燃烧着银色的云块里，在赤褐色的干燥的地面上——他们的脸，无论是朝上，还是向下，都无法抵御太阳光线对他们弱小的心灵的压迫。他在汽车里，双手一刻也没离开过自己的眼睛。

一想到自己的神经一直被黑夜的魔掌所折磨，他就难以抵御这烈日炎炎的威力，他觉得自己连死的心都有了。一想到今后还有四年才能大学毕业，自己日日夜夜生活在无休无止的喧闹嘈杂的陋巷里，还要让那些烦琐的法律书和讲义像糨糊一样塞满自己烦躁不安的头脑吗？与以前在冈山的六高时不同，这次他是住在本乡的姑姑家里，不能像以前那样懒散地过日子。因为过了一段时间荒唐无度的日子，为了医治渗透大脑和身体里的各种恶疾，他瞒着别人去看医生，并且悄悄地服了不少药。事已至此，也许就这样头脑逐渐腐烂，也许成为废人，也许就这样死去，恐怕在不久的将来就有分晓。

“哎，我说你呀，反正也活不了多长时间了。你干脆就住在我这儿，我养着你。反正留级两三年也没什么，就住在我这儿。何必跑到东京去暴尸街头啊。”

在冈山的相好艺伎茑子与他分别的时候，一本正经地说了上面这些话，一种干涩枯涸的悲伤充斥他的心头，使他感觉到一种无以排遣的苦恼。那个脸色苍白、感觉敏锐、形同妖妇的茑子时常一动不动地仔细注视着像疯子一样兴奋不已的佐伯的脸，仿佛已经看透他的未来。他似乎已经实际看到自己在都市强烈的刺激下，肉被啄食，骨被虐待，遍体鳞伤地暴尸街头的尸骸。他用癔病般胆怯发怵的眼神透过十个手指的空隙窥视外面市街的样子。

出租车不知不觉间从本乡的红门前经过。与他两三年前来这儿的情景大不一样，有五六个工人把煮成黏稠的黑漆似的东西倒在正门左边新扩宽的人行道上，正在铺设混凝土路面。放在大路上的一只大铁桶里，被烈日晒成炽热的焦炭从里往外冒热气，如升腾的阳炎。头戴新买的角型帽、洋洋得意的学生们来来往往的风采在佐伯看来，丝毫没有悲惨的影子。

"这些臭小子都是我的竞争对手。瞧瞧他们，一个个都面色红润，满怀希望地在大街上昂首阔步。虽然这些臭小子都是愚笨如猪，可是他们具有野兽般的健壮体魄。我在这一点上无法匹敌。"

就在他考虑这些事情的时候，车子已经从能看见姑姑家电灯的台町经过，远远看见招牌上写着一个粗体字"林"。车子的轮子咔吱咔吱压过门前铺着的沙粒上，在玄关的格子窗前停下来。他终于放下双手，冲进土间里。

"听说你两三天前就出发了，怎么走到现在啊？"

姑姑高嗓门地大声叫嚷，把佐伯带到走廊里面的八叠榻榻米的房间，向他打听老家的各种情况。这是一个年近五十、略显肥胖、看上去总是很有精神的女人。

"哼，是吧……听说你爹今年挣了不少钱。挣那么多钱，也应该修修房子啊。你也跟他说说。就你们家那个样子啊，空荡荡的，又破又旧又脏，哪还像个家啊。我每次去名古屋，总劝他，他总是说快了、快了，说是快了，也不见修。最近他来信说，让我在开博览会期间去他那里住两三天，我直接回信说，嗯……这么说的：每次去都有很多话要说，可是每次都劝你修房子，你至今都还没有动工，这万一要是发生地震，我在你家怎么避难。我这不是和你开玩笑，要是稍微大一点的地震，那个家立马就趴下。你爹脑袋都谢顶了，倒像个昏聩的老头子。你瞧我这个姑姑，虽然没有什么女人的魅力了，可这条命我还挺在意的。”

佐伯听着这位姑姑莫名其妙地唠叨一大堆话，看着她眉开眼笑，满脸喜悦，再一看如婴儿那样胖乎乎的手握着团扇频频摇动，佐伯也接过递上来的团扇摇晃起来。

在家里坐定以后，更觉得酷暑难忍。为了通风，廊上所有的窗户全都打开了，但是，院子里的两三株高大茂密的枫树和青桐遮天蔽日，它们的背后生长着南天竹和杜鹃花，还有八角金盆的大叶子在微风中轻轻摇动。由于光线被深绿色的树叶反射进来，室内显得昏暗，姑姑那圆鼓鼓的红润脸盘有一半泛着青光。佐伯从烈日暴晒的户外一下子被拉进仓库般阴暗的室内，略微低着脑袋，使劲眨着眼睛，两条干瘦如病人的手腕从满是汗水的藏青色久留米碎花纹里露出来，连他自己都觉得十分难看。他的心情多少平静下来，然而，在出租车上一直经受的炎热以为进入房间后能稍微发散一点，没想到他浑身的皮肤通红燃烧，热血涌上脸部，开始感觉烧得头晕目眩，油汗从脖颈静静地渗透出来，濡湿周边。

姑姑还在喋喋不休，忽然发现有人蹑手蹑脚地从隔扇外面悄悄走过，她歪着脑袋，叫了一声：“是照子吗？”

见没人回答，她又说道：“照子，要是你，你就进来吧。阿谦刚从名古屋过来不一会儿。”

隔扇打开了，表妹照子走进来。

佐伯抬起沉重的脑袋，看着发出和服衣裾窸窸窣窣声音的里间。照子大概刚从外面回来，身上穿着出门的衣服。她梳着东京风味的蓬发，棋盘格和服上套着高级的绉绸短外褂，那高个苗条的身材一走进屋子里，仿佛整个房间都显得狭小，容不下她的身子。她略微拘束而又柔顺地弯下腰，以城市女孩对乡下男孩问候时那种常见的高傲而矜持的态度，对佐伯轻轻点一下头算是打招呼。

“赤坂那边怎么样？你一个人就把事情办妥了吧？”

“嗯，既然对方说到这个程度，他们就会办理的。说事情已经十分了解，请我们放心。”

“是嘛，本来就应该这样。要不是铃木弄那么大错，也不至于这样。”

“是这样的，不过对方也太不像话了。”

“是啊……哪里都有这样的人。”

母女俩又进行这样的对话。似乎是这家里雇请的做帮工的学生铃木有点傻头傻脑，好像最近又出了什么差错。不过，这一对母女故意在侄子面前显摆，无非就是想证明自己的女儿办事能力有多强、说话多么得体。

“妈妈你以后就别让铃木办什么事了，省得给自己惹气。”

照子说话的语气显得早熟，有点中年女人的味道，同时也感觉老于世故。在庭园的光线正面映照下，她的缺少光泽的长脸盘还是有几分姿色。上一次见到她的时候，感觉她天真单纯的少女情怀与个子高大的体格不太相称，但这次见到她时就没有那样的感觉了。她虽然个高，但肌肉丰满，姿容妖艳，苗条细长的手臂、脖颈、脚跟勾勒出柔美的曲线，宽敞的和服仿佛故意显露出她的四肢之美艳，紧紧地妥帖包裹着她的肌肤。厚厚的眼睑里面那一双清澈明亮的大眼珠在滴溜溜地乱转，从整齐平顺的睫毛下露出来的让男人欢心的眼睛闪耀着阴险的细光。在蒸笼般闷热阴暗的房间里，她肉质丰厚的高鼻梁、蛞蝓般湿润的嘴唇、丰满的脸型和发式，这一切都飘逸着女人的味道，让佐伯的病态官能产生兴奋。

二三十分钟以后，佐伯上到二楼六叠榻榻米的自己的房间里，等铃木将行李和书包放好下楼后，他四仰八叉地躺在榻榻米上，皱着眉头，茫然若失地凝视着屋檐外的酷热天气。

接近中午的阳光在蓝天上膨胀燃烧，屋檐的栏杆外面可以望见炎天里本乡小石川的高台上，家家户户、森林树木都处在大地蒸发上升的热气里，朦朦胧胧，如烟似雾；电车声、人声等各种噪音都汇聚成一股声浪，从下边喧嚷着扑涌上来。不论逃往何处，如丑妇附身的酷暑的痛苦惧怕，还要继续忍受半个多月，他一边想，一边在心中描绘照子那一双鱼肉山芋饼般的小脚丫。他想象自己居住在十二楼高的尖塔顶端。

以前来过东京两三次，学校还没有开学，他不想出门，每天就躺在二楼的房间里吸着低廉的香烟。吸一根敷岛牌香烟，嘴里就发干，极不舒服，想呕吐，但即使这样，他还是满不在乎，歪着嘴，眼里泪水直淌，一支接一支地照抽不误。

“哎哟，这么多烟头，表哥你可真是大烟鬼。”

表妹照子经常上来，看着烟灰缸便说道。傍晚，她洗完澡，身穿蓝色雨点花纹的艳丽浴衣上来。

佐伯故意显示出艰深费解的脸色，说出一句莫名其妙的话："脑子散步的时候，需要香烟这支拐杖。"

"妈妈很担心，她说阿谦抽这么多烟，不会把脑子弄坏吧。"

"我的脑子早就坏了。"

"可是，表哥好像不喝酒吧？"

"哼……你可别跟姑姑说……保密，你看看这个……"

佐伯从上锁的书柜抽屉里取出一瓶威士忌，说道："这是我的麻醉剂。"

"你还是失眠的话，安眠药比喝酒更有效。我也偷偷吃过。"

佐伯这样与照子聊上一两个小时，照子才下楼去。

盛夏酷暑逐渐消退，但佐伯的脑子一向没有清爽过。后脑勺嗡嗡疼痛，脖颈往上如同一块烧红的石块火辣辣的，每天早晨洗脸的时候，总是大把大把地掉头发，头发贴在湿漉漉的脸颊上。有时候一狠心，使劲一揪，头发就哗哗地掉下来。脑溢血、心脏病、发疯……各种各样的恐惧都汇合在心窝里，剧烈的悸动在全身传导，他双手指尖不由自主地哆哆嗦嗦颤抖起来。

过了一周，星期一早晨，他身穿新做的校服、校帽，收拢没有任何紧张情绪的心情，极不情愿地到学校去，但刚去三天，就立即厌烦透顶，再也不想上学。

学生们不论对哪一个老师的课都争先恐后地抢占教室，不管这节课的内容是否有意义，总是拼命地记笔记，生怕漏掉老师的一言半语，像机器一样默不作声地认真用功。佐伯一看见这些犯傻的脸孔，从早到晚脸色苍白，神情悲哀，便再也不愿意多看他们一眼。然而，这些臭学子，一个个竟自以为是，却不知道他们是多么贫乏、多么可怜、多么不幸啊！当讲课的老师站在讲台上干咳一声，清一清嗓子说“……嗯，今天接着上一次讲……”的时候，满教室的头颅都“啪”的一声趴向书桌，几百只握笔的手齐刷刷在笔记本上笔走龙蛇。老师的讲义跳跃着学生的内心，直接通过手转到纸上。那些形态丑陋、模样潦草、奇怪懒散的符号般的文字就直接转到纸张上。只有手是唯一活着的生物。在那间宽敞的教室里，鸦雀无声，静得掉下一根针都能听得见，一切头脑都已经死去，唯有手还是活的。只有手以一种非同寻常的气势在盲目地、急匆匆地、不停地书写着，只能听见钢笔尖与墨水瓶碰撞的声音，哗啦翻开纸页的声音。

“好啊！你们这些人都争先恐后地发疯吧！谁疯得最早谁就胜利。可怜的各位同学，只要变成疯子，就用不着这么辛苦了。”

佐伯似乎在什么地方听见有人这样诅咒，别人是否诅咒他不知道，但是他的耳朵里肯定听见这样低声细语的诅咒，对于一个胆小鬼来说，这种恐惧达到无以复加的地步。

毕竟碍着姑姑的面子，佐伯只好半天去图书馆，或者到附近的池子周围散步溜达。一回到家里，就上二楼，仰面朝天，四仰八叉，冈山的艺伎、照子的事情、死亡、性欲……种种毫无关系的乱七八糟的问题，不知不觉地涌上心头。他在枕边立一面镜子，躺下去的时候面对镜子，仔细端详自己肌理的粗细、颧骨凸起的五官，然后判断自己的命运。如果感觉自己有什么地方不对，立即从抽屉里拿出威士忌灌下去。

恶性的病毒与威士忌一起逐渐侵入他的大脑和肌体。本以为到东京后，可以请著名的医生诊断治疗，可是现在他根本就不想打针吃药。他现在甚至没有精神去恢复自己的健康。

一个星期天，姑姑邀请他说：“阿谦，一起去看歌舞伎，好吗？”

“谢谢姑姑。……可是，一到人多的地方，我就害怕得不得了。所以……其实我脑子也不是很好。”

他故意抱着脑子做出一副十分痛苦的样子。

“怎么回事？我以为你肯定想去的，特地安排星期天去，没事的，去看看吧。好了，走吧。”

照子在一旁劝说母亲：“人家说了不去，你就别这么硬拽着去，算了。妈妈你自己悠闲自在，一点儿也不考虑别人的心情。”

“可是，你不觉得这个人有点怪吗？”姑姑看着匆匆逃上二楼的佐伯的背影，对照子说道，“又不是猫啊狗啊，一个大男人怕看人，你不觉得可笑吗？”

“那是他的心情，别说这种大道理。”

“听说他在冈山的时候日子相当荒唐，也许他的意志已经受到挫折。尤其是这种读书人，我知道大多都攀花问柳，可是他对社会还根本不知道如何通达人情。”

“阿谦也好，我也好，当学生的时候都是孩子。”

照子说罢，带着一种瞧不起人的坏眼神。最后，母女俩带着女佣阿雪一起出门看戏，留铃木看家。

铃木每天早晨拎着盒饭和佐伯一起出门，走到神田附近的私立大学上学。在家里的时候，铃木一个人躲在玄关旁边的四叠半房间里似乎十分用功地拼命读书。他总是眉头紧蹙，忧郁地紧绷着脸，他的工作主要是早晚烧洗澡水、扫院子，可是做事不是很卖力，马马虎虎。这个铃木好像脑子不够用，平时不知道都想些什么，问他，他也说不清楚。一旦做错什么事，被姑姑和阿雪一斥责，本来就面无表情的那张脸顿时鼓胀起来，翻着白眼，必定用怀疑的眼神使劲盯着自己做错的事情，始终嘟嘟囔囔抱怨不停。

“只要一看见这个铃木，就觉得这家里跟见了鬼似的。”

姑姑这么说，也不是毫无道理。这个人有点呆傻，但有时候做事还有点心计，也不太容易对付。姑父生前认为他是这一带的优秀人才，打算从小培养他，以后就收在家里，甚至作为自己事业的接班人，有一次还暗示说将来把照子许配予他。于是他把姑父所寄予的深切期望牢记心中，可是就在他埋头用功的过程中，把自己读成了一个傻子。至今他对照子所说的话，都从不生气，唯命是从。佐伯心想，这家伙肯定是迷上照子了，结果陷入过度 Onanism（手淫），才变成白痴。别说铃木，就连他自己与照子接近以后，也发现神经变得更加痛苦，变得发傻。事实上，与她聊天谈话以后，他觉得自己身心疲惫。她似乎有一种让男人的头脑发生混乱的本领。……佐伯想着照子的这些事。

一天晚上，楼梯响起“咔吱咔吱”沉重的脚步声，是铃木上到二楼来。已是九月末的入秋之夜，可以听见蟋蟀吱吱的鸣叫声。姑姑和几个女眷都已经外出，楼下悄无声息，只有座钟的秒针安静地发出嘀嗒声。

“您还在学习啊？”铃木一边说一边坐下来，环视室内的样子。

“咿呀……”佐伯欠了欠身，惊讶地看着他的脸色。这个平时对自己几乎都不打招呼、从不开口的人，今天究竟有什么事少有地跑到二楼来呢？

“现在夜变长了。”

铃木的声音含糊不清，听不清楚，只见他蠕动着嘴唇，却已经低下了头。他的头发抹得油光铮亮，在灯光的映照下闪闪发亮。他结实、黢黑、像生姜根一样的手指在膝盖上抽动着默默地打着拍子。他心里大概有什么事想和自己商量，趁着家里人都外出的时候跑上来，可是他又不好轻易开口。在这种沉重的压抑气氛里，佐伯开始着急。你究竟想说什么？这么磨磨叽叽，还要考虑到什么时候？有话就说，办事痛快……佐伯在心里催促他。

然而，铃木还是不肯启齿，看那样子好像是说“你学你的，我坐我的”，眼睛看着榻榻米，上半身轻轻晃动着。……夜色非常安静。不知从何处传来的木屐踢踢跶跶的清脆声，从远处传来的电车驶过本乡大街的隆隆声如钟声的余韵回响在耳边。

“今天实在冒昧打扰，是这样……有一件事想向您请教……”

铃木终于开始说话，他还是盯着榻榻米，依然晃动着两条腿。“……不是别的事，而是有关照子的事情。”

“嗯，什么事情？你说说看。”

佐伯尽量装出轻松的样子，稍微提高一点嗓门，但唾液似乎残留在喉咙里，结果冒出来的是被压瘪的声音。

“还有一件事向您请教：您是通过什么关系住进这家里

来的？”

“什么关系？我和这家人是亲戚啊，离学校近，方便，就住进来了。”

“就这个吗？您和照子小姐之间有什么关系吗？虽然是亲戚，也会有婚约这种情况的。”

“没有这样的关系。”

“是吗？请您无论如何说实话。”

铃木带着怀疑的眼神，张着参差不齐的牙齿龇牙咧嘴地笑起来。

“完全没有。”

“当然，如果您今后有这个意思，我想您肯定可以得到的。”

“即使我有这个意思，姑姑也许会答应，但照子本人的态度不得而知。再说了，我现在根本就不想结婚。”

佐伯逐渐心头火起，感觉最终自己成了窝囊废，真想大声怒吼一通。虽然火冒三丈，但还是强行忍受下来，而且对方笨头笨脑地把一根筋发挥得淋漓尽致，多少让他有一点愉快的感觉。

“可是嘛，是否结婚另当别论，您是很喜欢照子小姐吧？

不可能不喜欢她。这个我早就看出来了。”

“当然我没有不喜欢她啊。”

“那好，喜欢吧。也许已经爱上她了吧？这是我向您请教的问题。”

如此说来，别看铃木平时板着脸孔，实际上是一个秉性多么卑劣的家伙啊，他观察、注视别人的一举一动，眨巴着眼睛，想方设法地要把对方心里所想的全部东西都掏出来。

“爱上她，这事绝对没有。”

就在佐伯怯生生为自己极力辩解的时候，也不知道想些什么，一下子勃然大怒。“你究竟为什么对这件事刨根问底没完没了呢？我爱也好，不爱也好，那是我的自由，跟你有什么关系？你太多管闲事了吧！”

佐伯在恼羞成怒的时候，知道自己心脏狂跳，血冲上头。而铃木猛然遭到佐伯咬牙切齿的痛骂、劈头盖脸的指责时，那副腮帮鼓起、凶狠丑恶的面相开始缓和下来，终于变成透着沉重刻毒的笑脸。

“您发这么大的火，那我就不好说了。我只是想告诉您，照子小姐可不是一般的女人。平时假装对男人同情，其实心里极其瞧不起男人。这是极为保密的事情……”铃木更加压低声音，膝盖前伸，仿佛想博得佐伯的同感，“您大概也已经知道，她早就不是处女了。她好像和各种各样的男学生发生过关系。她和我以前就有过关系……”

铃木说到这里，故意停下来，看着佐伯的反应，但是，佐伯什么也没说，铃木继续说下去：“不过，她的确是一个美人。我为了她，都能够舍弃自己的性命。照子小姐的父亲在世的时候，的确说过把她许配给我。可是，事到如今，她妈的想法似乎发生变化，所以我刚才问了你那个问题。——问题出在她妈身上。父亲说好的事情，她妈想变就变，这还像什么话！如果她坚持这么做，我也有我的办法。您信吧？对照子小姐的内心我比她妈更了解。照子这个人非常冷酷，玩弄男人，可从来没有喜欢过男人。所以，只要对她死缠烂打、软磨硬泡、穷追不舍，她绝对和谁都可以结婚。”

就在铃木断断续续、翻来覆去讲述这件事，似乎没完没了的时候，楼底下的隔扇门忽然哗啦啦打开了，响起三个人的脚步声。

铃木扔下一句“刚才我说的话请您保密”后，便急急忙忙下楼去了。

都已经快十一点了，再有一个小时，大家都进入梦乡了。

“阿谦，还没休息啊？”

姑姑在法兰绒睡衣外披了一件短外褂，走上二楼。

“刚才铃木上楼来了？”

佐伯在刚才铃木倚靠的桌子角上双手托腮，然后伸出一只手从怀里掏出香烟，脸上显出若有所思的样子。

“嗯。来了。”

“是吧。我们回来的时候，见他扑通扑通从楼梯上奔下来，看他那个样子就不正常。照子对他说，一会儿有事去问他。我估计他又在这儿胡说八道，你不觉得可笑吗？他究竟说了些什么？”

“一个人在这里唠唠叨叨，尽说些不着边际的话，简直就是一头蠢猪。”

佐伯少有的心情舒畅，说话的声音都显得流畅。

“又在说我的坏话吧？他还到外面去，随口胡编，到处造谣，真叫人头疼。你别看他傻乎乎的劲儿，其实很有一些小手腕小聪明的。……说不定啊，又会编造出你和照子的什么风言风语来……”

“是吗？”

“这样的话，我也不用问你，大致情况也都知道了。只要是年轻的男人和照子稍微一接触，他马上就要问明白。这是他的毛病，你也别放在心上。”

“其实我没有觉得他说了什么，只是他觉得姑姑说话不算话……”

“什么不算话？他说什么呢……”

姑姑眉头紧蹙，把烟袋锅往烟灰缸里一叩，继续说下去：“就是为了这小子，我经常做噩梦。自从你姑父去世以后，我曾要求他离开这个家，可是他对我们母女怀恨在心，每天把刀揣在怀里，就在家周围晃来晃去，弄得左邻右舍以为我们家出什么大事了。好像我们做了什么得罪人的事似的，让我们在社会上很不体面。如果不让他回来，弄不好他会一把火把我们家给烧了，没有办法，只好又让他回来。虽然照子说，铃木这个人没那么大胆，净弄点小把戏吓唬人，但我觉得他说不定干得出来。那个家伙，现在肯定都要杀人了……”

佐伯忽然想象，法兰绒睡衣里姑姑丰满的肉体被后脖颈的长发或者别的什么使劲地缠住，被残酷地“砰”的一声拽倒在地，浑身血肉模糊，发出撕心裂肺的一声惊叫。在她胸部那如同大象耳朵般垂下的乳房旁边，插着一把尖利的匕首，这将是一种什么样的景象啊？那难看的肥嘟嘟的屁股在抽搐，那大萝卜般的手脚使劲张开，呼哧呼哧、吧嗒吧嗒地在地上四处乱爬，最后从她似乎一切都明白的表情中央的眉间开裂，如同掉进牛肉火锅里一样停止呼吸，这将是一种什么样的景象啊？……

这时，楼下的座钟敲响半晌，夜深人静，寒气袭人。姑姑越说越兴奋，时不时用烟袋锅在烟灰缸的烟灰里划几下。烟灰缸的烟灰形成各种各样的模样，但很快就崩塌，有时还能看见萤火虫般的炭火，但不会轻易点燃香烟。

“……所以我也忧愁担心，照子早晚要嫁人的，谁知道那个蠢货又会干出什么事来……”

看来姑姑的烟袋锅已经点着，从她的鼻孔里与话语一起喷出一道道白烟，在两个人之间慢慢飘散，弥漫开来。

“照子这孩子，一谈到婚事，就满脸不高兴。我也没办法。阿谦，这些你也都看到了。我这个人其实也看得开，对自己的女儿更不在乎。都二十四了，也不知道她究竟有什么打算。”

姑姑不像平时那样充满魄力，而是畏首畏尾，只是一味牢骚抱怨。十二点钟声响过以后，姑姑收起话题，说道："事情就是这样，不管铃木说些什么，你都不要信他。要是和这种人接触，将来连你都会被他怨恨的。——好了，已经很晚了，阿谦你也睡吧。"

说罢，下楼去了。

第二天早上，佐伯到浴室洗脸时，光着脚丫在打扫院子的铃木走到浴缸旁边的木门前，慢吞吞地走进来。

"早上好。"

佐伯有点惊讶，感觉他故意显出讨好的语气，但似乎他心里很气愤的样子，佐伯便没有理他。

他立即噘起嘴来，说道："你把昨天晚上的事都告诉她了吧。——你别装蒜，我回去以后一直都没有合眼，都在听你们的情况。昨晚太太到二楼和你一起谈到十二点过了才走的。我现在和你已经是仇人关系，以后也绝不会和你说话。你对我说什么都没有用，就到此为止吧。"

说完以后，他愤然离开浴室，却又若无其事地继续打扫院子。

“我终于也被这个魔鬼缠上了。”

佐伯心里自言自语。这个家伙，别人对他越亲近，他越要恩将仇报，伺机报复。说不定自己会被他杀死的。如此为他谋求利益，使他尽量远离照子，越是这样对他说实话，他越不买账，把自己视为仇敌，最后也许要杀掉自己。在自己一天到晚担心会遇害，因会遇害而到处躲避的过程中，也许终将陷入与照子的爱情而难逃杀身之祸的命运……

铃木还在打扫院子。他撩起后襟，那一双看上去很结实、很有力气的手握着扫把。如果这么健壮的身体压在自己身上，那我肯定动弹不得。——各种五花八门、漫无边际的恐怖在佐伯的脑子里搅成一锅粥。

十月中旬，学校课程的进度也已经不少，但是佐伯的笔记本总不见增加分量。“用不着每天都要去吧”，或者“今天感觉不是很好”，于是逐渐犯懒，三天两头旷课，早晨也是经常睡懒觉。一有时间，就钻进被窝里，像一头野兽那样，睁着饥渴贪婪的眼睛望着天花板，昏昏沉沉地想着心事。在脑子里循环流动的血液在他的枕边扑通扑通地回响着，眼前出现无数纷纷扬扬的水泡，耳鸣目眩，全身的各个关节都好像散架一样慵懒疲惫，日复一日。稍微迷迷糊糊睡一会儿觉，就会做无数极具官能性、畸形怪诞的荒唐之梦。睁开眼睛之后，这些残梦依然留在感觉里。天气晴朗的日子，一片湛蓝的天空从南面的窗户涌进屋里，他觉得这蓝天在窥探他杂乱无章的脑子，简直令人气恼。他也不想重返荒唐放荡的生活，他觉得，像他这样极度虚弱的身子，只要两天沉迷于具有强烈刺激、糜烂腐朽的花天酒地里，肯定会死于酒色之上。

照子每天都来楼上好几次。这个大个子女人的大脚丫只要在他的枕边咯吱咯吱地走动，佐伯就觉得她的脚要踩在自己的身子上。

“我每次踩着楼梯上来，那个铃木的眼神就怪怪的，所以我就故意在这儿多待一会儿。”

照子在佐伯的眼前坐下来：“这两三天我感冒了。”

说罢，从袖口里掏出手绢，吸溜吸溜地擤鼻涕。

佐伯心想：“这样的女人一旦感冒，就会变得更有attractive（魅力）。”

他的目光从额头开始端详照子的五官，那一张宽大的长脸就像吃剩下的残羹剩菜般肮脏，嘴唇上面还有一块湿乎乎的红色溃烂。她身体那温湿的活力和具有强烈力量的呼吸一股脑儿地倾泻在佐伯的头上。佐伯心里烦躁，嘴上“哼、哼”地敷衍着，无聊地看着她系在高高胸脯上的海潮花纹的和服腰带，每次呼吸都要颤抖一下。

“表哥——自从铃木找了你以后，我每次到你这儿来，你好像都不高兴的样子。”

说罢，照子略一调整坐姿，显得更加自在。

可能是没有洗澡的缘故吧，她放在膝盖上的双手的指甲略显发黑。佐伯真担心她那一只宽大的手掌马上就要抚摸到自己的脸上来。

“我觉得那小子会杀了我。”

“为什么啊？他有杀你的迹象吗？你有什么原因被他恨到这个程度呢？”

“其实倒没有什么原因。”

佐伯急忙收口，但似乎说到难为情的事情，便不再看照子的脸，继续说下去：“但是，这家伙不管什么原因不原因，恨起来的时候就恨到底。——我只是觉得会无缘无故死在他手里。”

“不会的，告诉你吧，他不是能干出这种事的爽快之人。——要说杀人的话，第一个也是母亲。他好像还不会杀我。”

“这可不好说，爱之深恨之切嘛。”

“不，他切实不会杀我。记得以前他被赶出家门的时候，他就只恐吓母亲一个人。我白天夜晚到外面去，他都不敢靠近我……”

照子的身子悄悄地向前倾斜，几乎整个盖在佐伯的身子上。“表哥，根本不会有这种事，即使我们之间曾有过……”

佐伯忽然露出恐怖的眼神，急忙用焦急不安的语气冷冰冰地说道：“阿照，我头疼，你以后再来和我说话吧。”

照子下去后不久，女佣阿雪上来，好像在房间里偷偷摸摸地寻找什么东西。

“小姐说她把手绢忘在这里了，您知道吗？她刚才用来擤鼻涕的，说是很脏，让我上来拿下去给她。”

“要是忘记的话，应该就在那儿吧。我没在意。”

佐伯极其冷淡地回了一句，背过身装作睡觉的样子。阿雪又找了一会儿才下去，于是佐伯猛然坐起来，一边注意观察楼梯方向，一边像胆小鬼那样缩着肩膀，从被窝里面拽出那条手绢，用大拇指和食指捏着举到自己的眼前。

叠成四折的手绢被黑乎乎的东西湿漉漉地粘在一起，一打开来，散发出一股感冒特有的臭气。被鼻涕渗透变成湿漉漉的冷布，一会儿插在他的手指之间滑溜溜地摩擦，一会儿又紧紧贴在自己的脸颊上，最后皱着眉头，伸出舌头像狗一样使劲舔着……

……这就是鼻涕的味道。舔在舌头上的感觉有一股冲鼻的腥味，淡淡的咸味残留在舌尖上，然而，他发现一种不可思议、极其怪诞、异常刺激的有趣现象，那就是在人的快乐世界背后，还潜藏着这种秘不示人的、妙趣横生的乐园。……他把残留口中的唾液，一咬牙一口气全咽了下去。一种直冲脑髓的快感如脑汁浸润在香烟的醉态里，在被人追逼着即将推落下疯狂深渊的恐怖中，他不顾死活地玩命狂舔那块手绢。

就这样过了两三分钟，他再次把手绢悄悄塞进被窝里，双手抱着目光眩晕、混乱的脑袋，迷失于忧郁黯淡的沉思。他自己这样做，就已经被照子所蹂躏。她使用那蜥蜴般细长柔软的躯体，与铃木一起，如暗云般笼罩在他的命运之上。

第二天早上，佐伯起床后，立即将手绢塞进西服的里兜，偷偷摸摸地从铃木面前溜走，上学去了。他躲在学校的厕所里，把门关紧，把手绢悄悄打开；又把手绢埋在水池边的杂草下面，又如野兽啜啄人肉一样磨着嘴唇咬动。接着，他像被一种难以言状、浅薄不安的情绪所诅咒，铁青着可怕的脸，摇摇晃晃地回到家里。过了几天，那块手绢上的鼻涕斑点变成漂亮的黄色，已经干透，可以把整张手绢张开来。

照子心想“差不多该让他投降了吧”，照样上二楼来，反复挑逗刺激佐伯的神经。那一双像是镶着银丝的眸子含带着妩媚而嘲弄的微笑，不断地逼近他的身边，然而，佐伯心想手绢这件事是不是已经被她识破了，极力回避，却同时被她尽情地玩弄、折磨。在她柔软而庞大、四肢发达的肉体下面，佐伯的灵魂仿佛处在被碾轧、焦急又无处逃生的沉重压力下，用他乞怜般的眼神，哀声呻吟道：“照子，你这个荡妇！”

然而，“无论你怎么诱惑我，我都不会投降。因为我掌握了你和铃木都不知道的秘密的乐园。”——他本想不肯服输地怒吼出这句话，却变成自我嘲笑的心情。

恶魔（续）

佐伯感觉自己的脑子一天比一天变坏。对癫痫、猝死、发疯等的恐惧始终盘绕心中，不仅如此，还给自己撒下各种担心的种子，整天就活在愚昧无知的胆战心惊中。一天晚上，姑姑谈起安政地震[1]的事，还煞有介事地预言近期就会发生大地震，说得绘声绘色，他在一旁偶尔听到几句，于是开始神经发作，只要家里发生一丁点房屋响动，就立即心跳加快，扑通扑通蹦个不停，全身的热血顿时直冲脑门。等房屋的响动一停下来，他立即毫不犹豫地从楼梯上连滚带爬地跑下来，冲进浴室，把水龙头拧到最大，热水从头顶上呼啦呼啦猛冲下来，这才勉勉

1 安政地震，这里指安政二年（1855）10月2日发生在江户及其周边的大地震，死者达七千人。

强强使自己从即将晕倒的兴奋状态中安静下来。随着恐惧症的日益发展，即使自己的身边没有任何动静，他也会常常感觉地面在摇晃。发生地震了！他急不可耐地摇摇晃晃站起来，不顾一切地一脚踢开隔扇门，莽莽撞撞冲出去，结果一头撞在柱子上，弄得自己惊魂失魄。

姑姑在楼下大吼一声："阿谦，你在上面干啥呢？"

佐伯膝盖颤抖，顺着楼梯跑下来，冲进浴室，用冷水淋浴，然后若无其事地回答道："头疼得很，烦人。"

当时他感觉地震发生瞬间的恐怖，就与真正发生地震时一模一样，脸色通红，心脏猛然扑通乱跳。

"你说头疼，也用不着跟闹翻天一样啊。我看你这一阵子好像心里有什么事吧。"

"没有。"

他有意避开姑姑的盘问，急急忙忙上楼去了。

虽说本乡地基牢固，但由于姑姑的家建在斜坡上，一旦发生地震，十分危险。佐伯住在二楼，无论怎么考虑，总觉大地震时自己无路可逃。虽然房子本身建得相当结实，但连大块头的照子上楼梯都会发出咔吱咔吱的声音，就跟闹地震一样，所以一旦遇上地震这“伟大”的家伙，那根本不堪一击。到那时，姑姑被库房的土墙压在下面，发出悲惨的“快来人啊”的呼救声，但是这个不孝之子照子早就跑得无影无踪。也许还有来不及逃命的铃木被夹在大梁下面，不过这个家伙一时半会儿还死不了。如此看来，只有自己和姑姑命运与共。……这么一想，他感觉二楼的房间就是危险至极的监狱。

地震究竟时隔多少年发生一次？佐伯想了解权威的说法，打算确凿无误地掌握准确的时间，于是他跑到难得一去的大学图书馆，从抽屉里噼里啪啦地翻找借阅卡，这里抽一张，那里抽一张，有关地震的书籍浩如烟海，他借了一大堆，看了一整天，却还是毫无头绪。好像根据大森博士的观点，大地震在何时何地发生，无法预测。东京在历史上曾发生过几次地震，但是大森博士也没有明确说将来肯定有，但同时也没有明确说必定没有，说得十分暧昧。“今年可能会发生地震”——如果一味陷入这种恐惧的妄想里，固然十分愚昧，但如果担心不知道什么时候会发生，那倒也很正常。

佐伯感觉，大森博士似乎隐隐约约知道大地震的发生时间，但是他故意隐而不说。因为人家是博士，尽管知道大体时间，但要做出什么时候几点几分的明确预测，而且还要提出有根有据的科学论述，考虑到如此徒然扰乱天下之人心，于是不愿意发表。他总觉得那文章闪烁其词地透露一点信息。如果真是这样，那将是十分严重的事态。扰乱天下之人心倒是件小事，缺少学术论点也无所谓，就是希望作者不要出于无关紧要的考虑，就不把大致的时间早些告诉我们。……佐伯越是这样推测，就越觉得阴森恐怖，感觉自己比那些可怜的没有文化知识的人更加可悲。于是，他甚至为自己是否要去拜访这位单身博士而苦恼。

"自己竟然为这些无足轻重的事情而患病痛苦，那我在这世上还能活多久呢？"——他感觉自己恐怕无法安稳地度过今年。每天，他早晚都要五六次心脏狂跳，浑身的神经都会惊恐战栗，仿佛在表演走钢丝的杂技——只要走错一步就会掉入疯子的泥沼，这条命还如何保得住呢？佐伯有时候回顾自己的生活，感觉胆战心惊，他就像对着汹涌袭来的恐惧大浪而千方百计逆流而上，有时要钻进波涛底下，身心郁闷疲惫，出现逐渐精力耗尽的悲惨景象。可诅咒的命运已经向他逼来，就在他的身边，无时无刻不在等待着他。

天长节过后，十一月的晚秋，天高气爽，从二楼的窗户望过去，只见上野一带的森林树木的枝头开始泛黄。佐伯觉得自己依然活着，照样不去学校，总是靠在房间的墙下，脑袋蹭在墙上，像一个脖子上套着枷锁的囚犯，形状憋屈地躺卧着，一会儿灌威士忌，一会儿抽烟，逐渐使亢奋的神经麻痹下来，抱着石头一样的脑袋。有时候，他翻出《文艺俱乐部》以及老版故事书，相当认真地阅读。此时如果遇上照子或别的人上楼来，他就慌慌张张地藏在被窝里。

“表哥，你刚才看什么书啊？……干吗藏起来啊？其实我知道。”

照子一边说着，一边坐在二楼的窗台上，两条长腿就扔在半卧半躺的佐伯眼前，然后鼻尖轻轻笑一下：

“哼哼……”

照子以前只是对母亲和铃木这样“哼哼”笑过，但最近也开始对佐伯频频使用。

“怎么啦？有什么事怕被别人看见啊？”

照子把手伸到窗户的门楣上，将一头厚厚的浓发仰面朝天一下子垂落下来，俯视着自己脚边像小狗一样被玩弄的佐伯。

今天她脏兮兮的脸蛋洗得通透明媚，那一副秀色可餐的柔软润滑的容貌令人联想到和式点心的米粉之类的物质。大概因为整个身体的角度不是很好，佐伯感觉她肉厚的鼻子以及脸颊白得如西式点心的果汁软糖，丧失了任何妖艳的色彩，只有湿漉漉的嘴唇通红得令人厌恶。从大岛龟甲形碎白点御寒和服的下摆露出一双将近十文钱[1]的大脚，在榻榻米上横行霸道，一双略有脚垢的白布袜使劲镶入脚脖子里，其中一只脚的白布袜别扣已经坏掉。佐伯看到照子的这副模样，神色如同一只正在被诱饵勾上去的野兽，在心里大吼道：

"畜生！又来勾引我了！我正看着有意思的书呢，真烦人！"

于是，他把刚刚开始阅读的《高桥阿传》注释本放进自己的屁股下面，故意装作镇静自如的样子，说一句无关轻重的话：

"这种书让你看，你比我会不好意思吧。"

"到底是什么书啊？"

"就是 Obscene Picture（淫画）呗。"他居心叵测地嘿嘿笑起来。

1　十文钱，约合 25 厘米。

“好啊，没关系的。你有多少都拿出来看看，这种东西有什么不好意思、少见多怪的……”

佐伯忽然发现照子的表情变得极其Obscene，想起铃木对他说的“她和我以前就有过关系……”那句话，心想从这个女人的表情来看未必不是事实。虽然这个人巧舌如簧，但如果被一个做帮工的学生铃木玩过一回，他心里也觉得大快人心。

“是啊，现在的女学生都一个比一个有本事。像你这样的人，要是当个艺伎什么的，那还不红透半边天啊。”

佐伯一吐为快，然后深吸一口烟，半躺半卧低头看着自己胸前的女人。他已经做好被痛骂一通的准备，但照子听了以后，气焰反而更加嚣张，自鸣得意地蠢动着鼻孔。佐伯的本意是想冷嘲热讽她一番，没想到她当作奉承恭维的话来听，结果弄得佐伯也稀里糊涂起来。佐伯低着头，但是他感觉对方的视线正瞄准自己的额头。屁股下面的《高桥阿传》仿佛顺着脊背往上爬，一直爬到肩部，在那里滚动。佐伯的身体像被捆绑起来，无法动弹，龇牙咧嘴地瞪着照子。

“表哥是个老实人，怎么也对我撒起谎来了。这一点和铃木倒是很相像。”

照子的嘴角挂着微笑，眼珠滴溜溜转个不停，最后落在佐伯的头顶上，凝视着。佐伯感觉自己就像被人从下面窥视的镰仓大佛，看似具有无比蛮荒威严之力的脸上，其实都已经被她洞若观火，不由得心头扑通狂跳，便虚张声势地故意装疯卖傻说道：

"嘿，我还真不知道自己爱撒谎……"

"什么 Obscene Picture 啊，别跟我耍滑头。我可什么都知道。"

"如果你什么都知道，那不很好吗？"他不由得声音微微发抖，胆战心惊，目光闪烁，发起攻击，"趁着我不在家的时候，避人耳目，到处乱翻，这么做，当然谁都能知道啊。女人的所谓聪明不外乎如此吧。"

本来是打算反戈一击，没想到话一出口，浑身发抖，连耳朵根都发红，而且不知道怎么回事，连眼泪都溢出来了。

"要说避人耳目，也是彼此而已，表哥你不也是背地里偷偷看这些坏书吗？"

照子看着佐伯这一副哭唧唧的表情，忽然来了精神，以更加温柔体贴的腔调安慰表哥，却说出极其恶毒的话：

"其实呢，我前一阵子翻了翻表哥的书箱，可是里面一本参考书都没有，倒是有五六本注释本。我不知道表哥为什么对这样的书感兴趣。现代人不适合看这种书。也许我多管闲事，不过看来表哥这一阵子是不是有什么事啊。我从一旁观察，真为你担心。"

照子沉着冷静，装出一副为表哥忧心忡忡的表情，说话滔滔不绝，一副口齿伶俐的样子。但佐伯听她说到一半，就已经坐立不安，真想双手插进耳孔里搅乱自己的听觉。当照子说完以后，电闪雷鸣过去了，他终于松了一口气，说道："就因为注释本有意思，才不适合现代人看吗？那么，究竟什么是现代人，女人能理解吗？"

"如果是这样的话，那为什么你还想方设法地撒谎、隐瞒呢？"

"你这个人的确能言善辩……"

他本想用这一句尖酸刻薄的话予以反击，以便达到付之一笑的目的，然而，平平常常的这句话根本无法做到，他的口气逐渐变成哀求。"我说你能言善辩，是让你适可而止。像你这样的人随意进入我的私生活，你有什么权利打扰我，还对我表示担心？究竟谁给你这样的权利？你又是从什么时候具有这个权利的呢？”

佐伯双手环绕脖颈，用呻吟般的声音继续说道：“和你接触以后，铃木也好，我也好，脑子都变傻了。就是你的缘故，我来东京以后，神经衰弱越来越严重。不管是不是现代人，还是非现代人，对我来说，除了注释本，别的书我根本看不进去。”

“你怎么这么不喜欢我……”

“好了，以后就请你不要上二楼来了。”

说完以后，他咬牙闭眼，像死过去一样平静。然而，他的心跳剧烈高涨，呼吸急促，恐怕照子都能听得见。

照子沉默着，依然坐着，没有说话，接着，她甩下一句话：“如果我不好，请你原谅。但是，我十分理解表哥的心情。”

说完以后，慢悠悠地下楼去。

佐伯再也没有从屁股下面把《高桥阿传》抽出来读下去的勇气。他想到自己卑微、肮脏、腐朽的思想被无情残酷地暴露在光天化日之下，遭到冷酷的轻蔑，极度的难为情使得他如坐针毡。

为了排遣这种极度的难为情，他把手从被窝里伸出来，伸向桌子的抽屉，找到装有威士忌的袖珍酒瓶，然后把下巴抵在枕头上，一边把酒倒在袖珍酒瓶的铝盖里，一点点喝下去。可能因为趴在枕头上，姿势不好，结果弄得全身关节疼。……他用手臂把身体支撑起来，一会儿立即双手发酸。怎么办呢？他干脆把两个肩膀放在床上，胸部和床铺紧紧贴在一起，喉结紧贴着枕头，这种姿势喝酒固然极其愚蠢，连呼吸都感觉困难。于是，他把后背稍稍抬起来，就感觉下腹部受到压迫，十分难受，而且腰部的脊髓骨连接处很别扭地弯起来。他想让自己的身体处在一种舒适的状态，但考虑到各个部位力量的均衡，不知道该把重心放在何处，所以浑身难受。

他把袖珍瓶里的酒一滴不剩地喝完，随手将空瓶子扔出去，然后打一个大哈欠，把身子翻过来，仰面朝天。今天的酒喝得真痛快，这是最近没有的感觉。所谓“痛快”当然是程度的问题，可以把被窝弄脏，手脚湿漉漉地发汗，睡衣被油渍污脏，这两三天连续被照子的 Dream（噩梦）所折磨——可以尽量不去联想这一切令人烦恼的事情，只是追求表层的陶然醉意的感觉。

大约在三十分钟内，他做了形形色色的怪梦，梦了醒，醒了梦，最终还是成功地进入梦乡。然而，他平静的脸上还时不时掠过不安的影子，眼睑跳动，睫毛颤抖。傍晚，亮灯时候，阿雪上来通知他吃晚饭，把他叫醒。这时，他还稍微记得：

“嗯，知道了，知道了。——今天不舒服，不想吃饭。是喝粥吗？哟，粥也不喝。”

他钻在被窝里和阿雪说了这几句话，又想着继续睡去。

然而，这一次并不顺利，总是睡不着。他感觉脑子的什么地方似乎还残留着几分睡意，但翻来覆去两三个小时，还是睁着眼睛。他从头上的玻璃窗望出去，看见几点星光十分耀眼，好像有耗子在橱柜里啃东西的声音。他又从屁股底下抽出《高桥阿传》，很快看完，然后又从木箱底下找出一本《佐竹骚动妲己之阿百》。

这也是一本和《高桥阿传》同样的注释本，封面上的石版画刻着妲己之阿百，披头散发，嘴含短刀，白腿粉胫，红色衬裙，将要从船舷上跳入海里。从艺术上说，一文不值，但当时的佐伯对此类绘画犹感兴趣。这个女人即将被汹涌澎湃的蓝色海水所埋葬，她将要接触到水面的那个脚底的曲线，那妖妇般的眼神、手腕、脖颈等，都被描画得自然得体。只要一看这张封面，再想象一下这本书的内容——形形色色错综复杂的残酷无情的故事，就自然而然地勾魂摄魄。

开卷阅读，会逐渐感觉越来越有意思。

……柳家小桑[1]讲述的阿百将慢慢显露出毒妇的本性，最后在十万坪上将桑名屋德兵卫残忍地杀死，且听下回分解……

这样吊足读者胃口的写法不停地煽动佐伯的好奇心，促使他目光愚钝地一口气读下去。

在十万坪上杀死桑名屋德兵卫的场面写得非常出色啊。

> ……当时，十万坪名闻天下，满目荒凉，周边空无一人。而且此时雨水淅淅沥沥。阿百心想正是时机，趁德兵卫不备之际，拔出早已藏在腰带之间的短刀，刹那之间朝着对方的侧腹插进去，然后顺势将他推倒。德兵卫惨叫一声，打算逃跑，但由于身上背着沉重的行李，无法动弹。“嗯、嗯、嗯……你要杀我……”“德兵卫，趁你还活着，

1　柳家小桑（5代）（1915—2002），落语家（单口相声演员）。1995年，被认定为落语家第一个人间国宝。

告诉你吧，你妨碍我出人头地，所以对不起，只好杀了你。这一切都是你的愚蠢造成的。别啰唆，送你上路吧！”说罢，一把抓住德兵卫后脖的头发，一顿乱砍……接着，她扑哧一下割断咽喉，将尸体扔进河里。……

佐伯猛然伸手按着自己的咽喉，轻轻压一下，如同旧沙发里面的弹簧，从皮肤下面鼓起来滑溜溜的软骨，如果将那把尖薄、冰冷、闪光的短刀也架在自己的咽喉上，那会是什么样的情景？他在中学时代曾学过这个咽喉上的突起物叫 Adam's apple（亚当的苹果）。据老师说，传说亚当吃苹果的时候，果肉卡在这个位置，于是人类就有了这个突起物。——他忽然觉得自己怎么能记得这种莫名其妙的东西呢，于是继续往下看。

他又一口气看了两三页，被动人的内容所吸引，于是阿百终于成为佐竹侯的偏房，但她又与家老那川禾女私通，引起家族纷争。正看到这个地方，忽然感觉二楼在咯吱咯吱地晃动。哎呀！地震了！一时忘记的恐惧立即袭上心头，他不顾一切地掀开被子，蹦起来。

佐伯抬头一看，只见照子不知什么时候站在楼梯口，满面微笑。她身穿米泽琉球捻丝绸睡衣，外面绕着窄腰带，妖艳地敞开衣领，光着脚，无力地伫立在电灯罩的暗影下面，像一个花魁。

“你上下楼能不能安静点啊？简直就跟闹地震一样。”

他刚才被地震的惊扰怨恨一股脑儿地发泄到照子身上，然而，他感觉自己的话已经孕育即将发生的不同寻常的事情。

“可是，我要是悄悄上来，对表哥不是不合适吗？”照子忽然无所顾忌地走到他的枕边，“你瞧！——这是什么书啊？”

她一屁股坐下来，将被子的一边铺在自己的膝盖下，仿佛要把佐伯推倒一样，把那本注释本抢到手。

在如同大巨石的重量压迫下，佐伯的脑子里还蠕动产生过对女人残留的些许不甘示弱、仓皇失措、尴尬为难，然而所有这一切都被蹂躏得体无完肤，极力要从诱惑的网中爬出来，他的满心恐惧都化为没有出息的哀怨诉苦的声音，在女人的脚边战抖哆嗦。

“啊啊，你干吗要这样？求求你了，你到那边去吧。”

佐伯双手捂着脸，低下头恳求道：“你是个魔鬼。……我好不容易正在看有意思的书，你能不能别来捣乱？我已经无法承受更强烈的刺激了。我很快就会死去，能不能安安静静放过我呢？”

“你用不着这么激动吧。今天晚上，妈妈和铃木都不在家，我就是上来和你慢慢聊天的。——你叫我别上来，你叫我一边去，这些都不行的。”

照子双拳紧握，叠放在乳房上边，丰满柔软的胸部一起一伏，还把自己的下巴放在乳峰上，肆无忌惮地说道：“表哥，心里有话直接说出来不就得了？你想瞒也瞒不住，不是更可笑吗？——哟，表哥对铃木就那么在意吗？”

说罢，她从和服衣袖里伸出一只手，一边抚摸佐伯的后背，一边把脸贴上来，那呼吸都喷到佐伯的脸颊上了。

“铃木根本就不算是事。——不管我是撒谎还是干什么，我只求平平稳稳苟且偷生度过余生。我现在绝对无法承受任何使身体衰弱、神经疲劳的事情。”

佐伯闭着眼睛说这些话的时候，感觉鼻尖闻到一种女人敞开衣领的气味，而且枕边的榻榻米顿时增高，这显然是照子坐到他的正对面了，离得很近。

“知道了。知道了。——不论表哥怎么瞧不起我，其实如果我把责任都推给别人的话，你什么事也干不了。”

女人像念诵咒文一样喋喋不休，一只手抓住佐伯的手腕，另一只手把佐伯捂在脸上的手指头掰开。女人的大手轻松地一把紧紧握住佐伯细瘦的手腕，感觉他的手掌柔软而冷凉，手指尖冰冷得如金属的手镯，握得生疼。她的另一只手把佐伯的手指头掰开，大概刚从怀里掏出来，感觉他手上黏糊糊的油脂热乎乎地粘在自己手上。

男人的手指相当用力，但似乎并没有进行强烈的抵抗，照子把像铁线缠绕的手指一只只掰开。

“魔鬼！魔鬼！”

他疯狂般地连连呼叫，但当他睁开眼睛一看，那女人的脸比自己所想象的更加贴紧靠近过来。他从未在灯光下面如此清晰地见过人的脸。只是感觉自己的瞳孔容不下这一张宽大的脸庞，于是脸庞扩大成一堵白墙那样硬是塞了进来。这堵白墙的墙面发青，纹理十分粗糙，给人感觉不是一般的恶心，但似乎隐藏着不可思议的奇妙的诱惑力。尤其是那一对怪物般的眼球闪闪发光，一直追逐佐伯的灵魂。——所谓的动物电，大概指的就是这个作用吧。他受到如此强烈的刺激，勉勉强强保持着没有当场死去的精神状态，但无法逃脱，也无所作为。最后，他竟然趴倒在女人的膝盖上恸哭起来。

“阿照，你因为对我好奇要杀掉我吧。你想让我发疯吗？……女人都是这样子让一个个的男人堕落的吧。”

又过了两三天，不论铃木在家也好，姑姑在家也好，照子都无所顾忌地上二楼来玩。

姑姑站在楼梯下面，喊道：“阿照，你下来，帮我个忙。这一阵子你经常上二楼，和阿谦又和好了吗？”

“嗯，当然好得很。”照子细眯着眼睛，狡黠地笑一笑，直勾勾地看着他。

“哟，你差不多也该下去了。我这几天承受如此强烈的刺激，都不知道自己是怎么活过来的。你在这里，我提心吊胆的，你还是赶紧下去吧！”

佐伯一边小心翼翼地紧紧压着即将破裂的心脏，感受着昏昏沉沉地坠入深谷底般的眩晕和昏迷，一边向女人诉说。弄得不好的话，也许他的手脚发生麻痹像泡进水里，也许他的半边脑袋突然像被蒙上丝绸一样混乱模糊。他的肉体精疲力竭如一具尸骸，但是他的神经异常敏感，焦躁不安，他白天晚上都无法入眠，脸色越来越坏。

第四天晚上，姑姑硬是拉着照子出门去了，这时，楼梯又响起“咯吱……咯吱……”的声音，那声音依然阴暗郁闷，照例是铃木那一张板着的脸孔。前些日子两人吵架以后，佐伯和他没有说过话，不过看上去，铃木更显得杀气腾腾。他身穿铭仙绸的御寒和服，系着绢绸兵儿带[1]，洗得发白的藏青色布袜上，是白色棉法兰绒的细筒短裤，裤带像小孩子系的那样松松垮垮。

“对不起，又来打扰了……”

他消沉不悦的脸色立即发生变化，变成阴森的笑容，如同曲艺艺人那样倏忽间变化无常。

“……这一阵子，身体情况怎么样？”

铃木随口一句有口无心的问候话，然后毕恭毕敬地端坐在佐伯的枕边，双手规规矩矩地放在膝盖上。佐伯见他这个样子，大感意外，不知道他意欲何为。说不定他的怀里还藏着匕首呢。

“我还是身体不好，没有办法。——只好这样，对不起了，就这么躺着啦。”

1　兵儿带，整幅布捋成的腰带。

佐伯半躺半卧，把被子垫在腋下，一只手放在外面。心想“你别把我当成傻蛋”，表面上尽量保持镇定自若，神态平静，努力做出发表意见的样子。

“哦，您请随意。……是这样的，又是关于照子的事，来向您打听……”

“哦，什么事？”

铃木没想到佐伯的回答这么麻利，所以谈话十分顺利。

“这一阵子照子时不时就上二楼来，这究竟怎么回事？”

听这口气，铃木好像是照子的监护人，佐伯心想“你这小子是打算委婉地向我询问呢，还是打算来冷嘲热讽的”，但是他一直忍着没有爆发出来。

“我以前求您的那件事，您大概忘记了吧？”

“你以前求我什么事了？我不记得对你有过任何的承诺。——有关照子的事，你有什么话就明说吧。”

“不，如果您说没有承诺，那我也没办法。既然如此，这个另当别论，我想了解一些照子的事情……”

铃木用左手卷起右手腕的袖子，不断地抚摸右手腕。虽然手腕黝黑，但肌肉发达，坚硬粗壮的血管像蚯蚓一样扭曲在皮肤雪白的上臂，给人一种不愉快、不协调的感觉。佐伯心想，这蠢货连手的姿势到手指的形状都显得愚不可及。

“这两三天里，我觉得照子对您的态度很成问题。——而且，您对她的举止也一样。您会说我在这件事上没有求过您，但她毕竟和我有过婚约，您哪怕一天和她调情，那也是不合适的啊！——您到底是怎么考虑的？我希望您能开诚布公地予以回答。”

“哈——哟。”

佐伯又吸了一根敷岛烟，看着从鼻孔里冒出来袅袅升腾的烟痕。他摆出一副极其一本正经的应对方式，与其说是为了轻蔑对方的气焰，不如说将对方不足为惧的事情让自己的神经充分理解。他等手中的香烟的烟蒂烧到一寸长时，“噗”的一声扔进烟灰缸里，然后转身看着玻璃窗方向。——天空黑得可怕，一颗星也看不见。——他觉得自己的神经还没有充分理解，还在烦躁不安，如同有无数的一寸法师[1]在他的胸中像蛆一样不

1　日本室町时代（14世纪中叶至16世纪末）的大众小说《御伽草子》中《一寸法师》的主角。取材于民间故事，意为这样的英雄才能驱除可怕的鬼。同时也有讽刺的意思，指矮子。

停地蠕动打仗。

铃木始终注视两人之间的谈话进展，眼睛一刻不停地跟随佐伯的手的动作、脑袋转动的方向，但是对方一直没有回答，在踌躇片刻之后，他的嘴边再次浮现出一丝浅笑，又开始说起来。这个家伙不论心中有着多么强烈的感情的沸腾，似乎说话之前总有轻轻一笑的习惯。

“您要是这样不回答，我会在这儿等一个晚上的，直到您回答为止。希望您像一个男人一样，痛痛快快地回答。而且，看您这个样子，我对您也大概有所了解。人就是这样不可想象地坦率流露出来。”

虽然佐伯装作沉稳持重的样子，但是越听铃木的滔滔不绝，就感觉越气愤，已经无法容忍。这样被铃木呶呶不休地无端攻击，无论多么具有忍耐心的人，都会以几乎先天性的不可抵抗力予以坚决的反击，更何况还是佐伯。这是一场蠢货与神经衰弱者的对抗，如果有第三者在现场观看，那一定相当有趣。佐伯想到这里，不由得怒火中烧。

“你让我说有什么想法，我没有想法，所以没有必要回答你。既然你已经大致知道，这不就行了吗？”

外面开始下雨，雨水打在窗外的梧桐叶上，发出沙拉沙拉的声音。要是这时候照子回来那该多好啊……

“哼，您应该说实话。——您要是采取这种卑劣的态度，最后吃亏的还是您。”这时，铃木的语气忽然变得暗含杀机，“我绝不会善罢甘休。我已经做好充分的思想准备，不到万不得已，我不会下采取最后手段的决心，所以，如果您想王顾左右而言他，那是白日做梦。”

终于图穷匕见。——佐伯心里嘀咕一句。不过，刚才被他恐吓的时候，果然还是感觉心惊肉跳。当他说“最后手段”的瞬间，佐伯的心脏一阵冷凉，本想从嘴里冒出的针锋相对的半句话也硬生生吞了下去。但是，平时总是出现的那种让自己即刻晕倒的恐惧并没有袭上心头，这又是怎么回事呢？反过来说，他把这种对决作为具有适当刺激作用的兴奋剂，可以品味到其中的味道。

“你既然有决心，那就随你的便吧。——我本来就没有你所说的不对的地方。阿照自己随便上来玩，她愿意，这跟我有什么关系。你要说不对，你自己找阿照说去啊。”

“不，对女人讲大道理，她们不懂。应该说，您有责任替照子辩解吧。……您不应该不知道的。”

“我有什么责任？”

“哦。”铃木恶狠狠地嗤之以鼻，“我本以为您会承认的。但是，我昨天看了照子的秘密日记，那上面清清楚楚记载着您和她已经通奸的事实。”

铃木说罢，露出尖酸刻薄的嘲笑，从他张开的厚厚嘴唇里露出参差不齐的牙齿，似利刃闪着锐利的亮光。

“喂，你说话要注意用词……”

佐伯心想一会儿隐蔽真相，但似乎觉得瞒是瞒不住的了，便说道：“所谓的通奸是不准确的。既使我和阿照之间发生什么关系的话，那也不能叫作通奸。”

“您是说你们之间发生关系了？……请不要说得含含糊糊，请您明确地说，怎么样？”

“哦，是有关系了。”

他一口承认与以前的言行大相径庭的事情，冷冰冰地断言。他心想铃木听了以后会不会从怀里拔出匕首来，但看来对方没有这样的意图。即便如此，佐伯感觉自己的半条命也快没了。

“您看！”

铃木为了把对方驳得体无完肤，竟然飘飘然起来：“既然发生关系，那就是通奸。——我记得跟您说过，我是照子的未婚夫。”

“也许你这么认为，但是阿照并没有和你这么约定过。你只是根据自己的独断，就把我们的关系称为通奸，这缺少基本常识。——你以为你的这一套在社会上行得通吗？”

“照子怎么说，她的话不可信。——这是照子的父亲对我的许诺。难道遵照父命，与他的女儿结婚是缺少基本常识吗？”

“所以嘛，所以嘛，你的这些意见，我又不知道，你和照子商量不就得了？如果照子不答应，还有她母亲呢。”

佐伯大骂一通以后，终于勃然大怒，血上头部，满脸通红。既然已经到了这个程度，他就一发不可收拾，从嘴里射出一串串火药猛烈的子弹，根本不等对方的反驳，只是跟连珠炮一样射向对方。

“不，事到如今，你也用不着征求她母亲的意见。不论姑姑和照子说什么，既然已经许诺，我也认可。未婚夫是多么正统的既成事实啊，所以，你打算怎么处置我这个你认为的通奸罪呢？——对此，你打算采取什么惩罚呢？……”

“你啊，这事很啰唆，要不我们决斗吧？怎么样？这是最痛快的方式。”

佐伯忽然冒出这一句话。这本是一句威风凛凛、无所畏惧的话，一直怒目紧逼对方，但不知何故，极度的激愤和恐怖在他疯狂的眸子里不断放大充涨。

“哎哟，别这样说，不是还有更稳重妥当的解决方法吗……”

没想到铃木显得仓皇失措，脸色稍微缓和下来，说道：“我们都是受过高等教育的人，所以不能采取这种野蛮的行为。只要您显示出道歉的诚意，我就心满意足了。您就别瞎说了，什么决斗啊，我们怎么能学这种愚蠢的方法呢？”

“我对你没有做出任何犯罪的事，所以不存在道歉的问题。——决斗吧，这是最好的解决方法。”

“哼，您还不承认。——明明是通奸，却连道歉都没有，可笑至极。”

“你真是一个蠢货，一个无可救药的蠢货。即便你是照子的未婚夫，你们现在又没有同居，何来的通奸？”

佐伯一下子咆哮起来，但只说了这么几个字，就好像舌头被卡住，不能流畅地叨叨不绝说下去。他气得手脚战抖，无数的怒火装不下他瘦小的身体。可能是切齿痛骂的缘故，他呼吸急促，胸口起伏，嘴唇像临终的病人那样发青，从肩膀到脖颈周围的动脉在怦怦地跳动回响，大脑大量充血。这两三天，与照子接触以后，神经变得极度衰弱，一遇到什么刺激，就会抽动痉挛，如果自己的情绪再被煽动起来，他就非被气死不可。

“哈哈，在女人这件事上，谁都会犯糊涂的。——我们不是被照子弄得晕头转向了吗……”

铃木说这句话的时候，他的笨拙迟钝的脸色更加阴暗，与寂寞的微笑一起浮现出悲哀的表情。

“可是，要是欺负我太厉害，我也不会答应的。——的确，从法律层面上说，应该不能算是通奸。但是，如果您有良心的话，就不应该搬出这个理由。——给您一个晚上的时间，今晚您好好思考一下，我可以等您到明天回话。是我正确，还是您正确，冷静地思考一下，我想您一定会明白的……”

佐伯尽量不听对方说话，想别的事情，努力把自己兴奋的神经平静下来。他的姿势正如五段目的勘平剖腹[1]之后处于临终之际，一只手按住致命的伤口，不停喘息的样子。

“总而言之，我说几条供您参考，就是我对这件事的处理方法。——首先，您要写一份道歉信，承认通奸的事实。然后，作为道歉的条件，今后与照子断绝一切关系……”

铃木掰着指甲都剪得很短的右手指数着条件。

“……您与照子断绝一切关系的证据，就是从这个家搬出去……当然，您寻找宿舍也需要一定的时间，允许您五天内落实。如果您对照子的确没有野心，承诺上述条件应该不难的。请您无论如何明天给我回复，我这边也有不方便的时候……”

佐伯心想你该说的话说完可以走了吧，没想到这家伙唠唠叨叨说个没完没了。他也不看对方一副带搭不理的样子，仿佛是你有耳朵就必须听的态度，完全一副对牛弹琴的架势。

“……我不想互相为一个无聊的女人而争得面红耳赤，这件事就借这个机会交换意见，以后如果还需要用得着我的地

■

1 《假名手本忠臣藏》五段目（第五幕）的内容，早野勘平误杀岳父，自戕以证清白。

方，当然恐怕也不会有。这是为男女之间的事，没有办法，算是男人之间的吵架吧，所以事情了却以后，心情反而会更爽快。哈哈……”

佐伯把头裹在被窝里装睡，可是那愚蠢恶劣的喋喋不休并不见停下来。有时候听见他中间停下来，以为他下楼去了，没想到依然继续啰唆。佐伯听他滔滔不绝的时候，忽然想到一件令人毛骨悚然的可怕事情：也许铃木这样表面老实的自言自语其实是在忍受他无处发泄的怒气，窥视自己的反应。自己的态度过于冷淡，可能会导致对方怒不可遏，“呀，忍无可忍了！”于是抽出藏在怀里的匕首，从被窝上连扎自己数刀。这只能比《伊势音头》里的贡杀死万野[1]那样还残忍无道，可以说自己会遭到突然袭击。

如果是这样的话，自己把脑袋裹在被窝里装作充耳不闻，那是极其危险的。自己根本看不到敌人的动作，也许一刀扎下来，自己无处可逃，连一声都喊不出来就完蛋了。还有，在敌

1 歌舞伎狂言《伊势音头》，根据发生在伊势古市的妓院里德右卫门方的男女事件创作的世态剧。描写伊势的福冈贡为主人家搜寻名刀“青江下坂”的过程中，围绕妓女阿绀的纠纷发生的多起杀人事件。

人叨叨不绝说话的时候，也许还可以放心，而当对方说完一段话停下来的瞬间，这是感觉最可怕的时刻。因为在这个瞬间，敌人可以悄悄拔刀出鞘，也可以膝行接近，所以自己必须有所应对……

就在这时，楼下传来开关格子门的声音，姑姑和照子回来了。

“哟，好冷啊。妈妈，我可是要感冒的啊。——就是因为你刚才没有给我买驼绒围巾。”

照子说话满不在乎，声音传到楼上，淤积在佐伯心窝里的不安担心的阴影才逐渐松弛消散。

“好了，打扰您了。”这时，铃木从容不迫地站起来，说道，“这事不要让她们知道，不然又有麻烦，一切您自己考虑，就像我刚才所说的那样处理。——我明天等您一天，您不要和照子她们商量，您私底下回答我就好了。”

说罢，他尽量装出泰然自若的样子，慢条斯理地下楼去了。

姑姑对照子说道：“阿照，先把和服换下来吧。”

照子对姑姑的话充耳不闻，一边说着“知道了，我马上就下来”，一边上楼来。在楼梯上与铃木擦身而过。

照子一进屋，一屁股坐在佐伯身边，一边拨亮火盆里的炭火，一边问道：“铃木上来干什么？”

现在已是深夜，电灯光逐渐暗淡下来，又忽然“啪”地亮起来。外面大概是雨打梧桐，发出“哗啦啦”的声音，但似乎下得并不大。

“表哥……他来干什么？”

照子又催问一遍，佐伯依然把脑袋闷在被窝里，一动不动，只是从被头上露出一点他好久没有打理的、乱蓬蓬的头发。

“你去哪里了？”

过了好久，佐伯用像是说梦话般的语气问道，仿佛刚刚醒过来一样，眨巴着眼睛，露出脑袋，把脸别向一边。

“我去哪里，这事不重要。——我想知道铃木到这里来干什么。又是来恐吓你的吧。”

“你瞎说什么啊？”

佐伯尽量将几乎凹陷下去的眼珠翻吊到眉头上，目光注视着额头上方，以这种仰卧的状态端详着照子的膝盖、腹部、胸部、衣领。他似乎觉得没有哪一个女人的血色像她这样每天发生变化。今天大概是接触外面寒气的缘故，她的脸颊和鼻尖略带红色，肌肤如瓷器般冰冷闪光，整个面部的感觉十分异常。

“阿照，你和铃木究竟有过什么关系？”

他心里一直想找个时机把这事问清楚，终于利用这个机会提了出来。

“这事问得实在无聊。有没有，你自己一想就明白的。”

照子没有愤然作色的样子，回答得十分平静自然，佐伯无法判断这女人说的话是真是假。说起来，照子并不是在什么场合都高声大笑大叫的人。大概认为将自己心神不安的一面原封不动地表达出来才是有损女人威严的做法。

“但是，铃木说他和你的关系名正言顺。”

“谁和那种人有什么关系……”

“那家伙据说以前也是个优等生，所以弄不明白。”

“不明白就不明白呗，我不想做什么辩解。——如果真有关系的话，你打算怎么办？”

“他说我们的关系是通奸。那小子也太趾高气扬了。”

“这么说，表哥，你什么都向铃木坦白了？”

“嗯。他说他偷看了你的日记，所以我觉得没有必要隐瞒。”

佐伯抱着一种“无所谓”的态度，无精打采的语气，反正觉得什么都说出去了。

“你呢，上了铃木的当了。我根本就不写什么日记。——表哥被他骗了。”

“这臭小子，竟然给我玩这种小把戏……”

佐伯这样自我嘲笑一番，想到上了铃木的大当，心里对他恨之入骨，恨得咬牙切齿。……他心中的怒火无处发泄，真想随手抄起一件东西砸出去。

“……知道就知道了，也没什么吧。反正早晚要被人知道的。”

“表哥，你也太好说话了。别人自然而然知道是一回事，上了人家的当坦白出来是另一回事，这太不像话了。又是欺骗又是恐吓，你都被人欺负到头上来了——真拿你没办法。”

说罢，照子解下羊绒围巾，“哗”地一下扔在男人的被子上，然后大大咧咧地在佐伯身边躺下来，把自己的脑袋往他脸上靠，双手支着下巴。长长的身子在被子上拱起来，俯身在佐伯的肩膀附近，如一座山丘遮蔽包围着。室内的空气比外面略显温暖，她的血色变得雪白，富有生气。

“不管他是否给我下圈套，我觉得对这个家伙还是告诉实话为好。用不着和他掩着瞒着，这样反而降低我的人格。”

佐伯双手放在脑后，眼睛盯着天花板，他的口气根本就不把铃木放在眼里，觉得就是一个不足挂齿的小人。然而，他的心中依然残留着焦急的情绪，还是觉得很不痛快。

“铃木说是通奸，他打算怎么办？”

“要我写道歉信，让我离开这个家，被我臭骂一通赶下楼去。——简直就是一个王八羔子！”

为了在女人面前装作自己并没有被吓到的样子，佐伯故意使用激烈的词语。

“说不定，表哥会被铃木杀死的……”

照子半是取笑佐伯的“勇敢”，半是担心地说，嘴边浮现出洋洋自得的微笑，不过，仰面躺着的佐伯并没有看到她的微笑。

“想杀就杀吧，反正那家伙一开始就把我当作他的眼中钉，和你无论有没有关系，他都想杀了我。”

“哼哼，不要紧的。”

照子依然横卧着，运用腰骨在榻榻米上游动，自己的脸几乎贴在佐伯的心口上。两人的身体恰好以脑袋为中心在左右两边画出同样的弧形。

“恐怕还不至于那样子，那家伙不是能干出这种事的爽快人。我把他欺负到蛮不讲理的程度，他都没有流露出生气的样子。所以，你放心吧。我刚才只是开玩笑，吓唬你一下，没关系的。所以今后不管什么事……”

说话的时候，佐伯忽然将自己的脑袋伸向照子，两张脸相对而视。正托着腮帮的照子的那张脸，像被压扁的温柔糯米团一样，搓揉出各种各样的皱纹，那被玩弄得厚厚的嘴唇、眼皮、鼻尖、下巴等各个部位的皮肤都呈现出残酷扭曲的艳态，妩媚柔和地跳动舞蹈。但肉体充满欣喜的时候，会不由自主地跳舞。

“光是想着‘不会被杀、不会被杀’，那是大错误。我们不是只想着除了被杀、别无出路吗？他不杀你，肯定也会杀我的。——这不是怕不怕的问题，我只是一种预言。”

“这种预言是神经衰弱的结果。”

“神经一衰弱，反而在某些方面更加敏感，所以能够感觉到一般人不知道的事情。”

“与其你死在铃木手里，还不如死在我手里呢。”

她拿下托在腮帮上的两只手，十个手指交叉在一起，手掌朝外，双手像棍棒一样猛然向佐伯伸出去，那两只手掌像编织鱼梁的篾片一样，也恰似螃蟹的腹部。

第二天早晨，铃木如往常一样在打扫院子，然后夹着包袱皮去神田的私立大学上课，傍晚还没回来。三点半点亮电灯，四点半他回来的时候天就黑下来了，因为即将到烧洗澡水的时间，佐伯和照子都不由自主地在意起来。

“铃木怎么回事？今天这么晚还不见回来？”

快到吃晚饭的时候，姑姑开始不太放心。可是，等吃过晚饭，厨房都收拾好以后，还不见人影。

“今天是怎么回事？有点不太正常。——阿雪，辛苦你一下，铃木不在，你去烧洗澡水吧。”

随着夜越来越深，姑姑的疑心越来越重，数落的语气也越来越激烈。

“哎哟，都已经八点了。这怎么回事啊？”——姑姑噘着嘴抱怨，接着是一连串责备的声音，最后演变成哭唧唧的、担心害怕的腔调，“阿雪，铃木今天早晨几点出门的？”

等到姑姑洗过澡，看着挂钟，这时候她已经是一脸哭相。

“是的。他大概七点半吧。和以前一样，先打扫完院子，然后总是在太太寝室外面的走廊上说一声‘我上学去了’，就走了。不过，好像今天噘着嘴的样子。”

阿雪对别人的担心从来毫不介意，只是很单纯地回答。

“今天早晨，和平时有什么不一样呢？”

“这个嘛……这两三天好像很不高兴，总跟我吵架。”

“有没有偷偷整理行李往外搬的迹象？”

“好像没有啊……”

姑姑没有告诉别人，自己急色匆匆地跑进玄关旁边的铃木房间里，从柜子到壁橱，又打开木箱盖，瞪着通红的眼睛，仔仔细细都查看。

“这就怪了……衣服什么都在啊……”

她茫然若失地站在屋子里。

阿雪见姑姑这样心情焦急，心里也大吃一惊，便跟在姑姑后面走进来。呆立片刻以后，好像忽然想起来，手指着唯一一张油漆斑驳的桌子说道：“这么说起来，这上面立着五六本法律的书，好像不在了。”

因为照子到楼上去了，不知道下面闹翻天。其实姑姑以前就和照子商量过，希望照子和她共同分忧，但只要涉及铃木的事，照子就说“那个家伙有什么出息”或者“你越是怕他，他就越自以为是，蹬鼻子上脸”，把他说得一钱不值，根本不放在眼里，所以后来姑姑对照子也就不再提出。但从今天的事情来看，姑姑心里明白，洞若观火，看来这事不能撒手不管，便也就不管是否被女儿冷嘲热讽，大声叫道：“阿照，阿照！”

像发生什么了不得的大事一样，姑姑一边咯噔咯噔跑上楼一边大叫：“铃木到现在还没有回来！”

“那他一定离家出走了呗。”

照子坐在佐伯枕边的火盆附近，随口做出判断，看都不看姑姑一眼。

“我是担心……是不是老毛病又犯了？你是不是又惹他生气了？”

就像老婆倚在老公身边一样，母亲坐在女儿的身边，双膝靠着很近，用哀求的目光看着女儿。

“太太！太太！”

这时，听见阿雪从楼下扯破嗓门般尖声叫喊：“砚盒里有一封信。”

"是吗？你拿上来。"

接着，又是咯噔咯噔一阵上楼的响声，阿雪像捧着炸弹一样，手里拿着一封看上去很不吉利的可怕的红色信封。

"好了，你下去吧。"

姑姑一接过来，便立即撕开封口，把阿雪支走，像捧读劝进帐[1]一样，双手捧信在胸前阅读。

值得一提的话，信封上在该写收信人的地方端端正正用楷书写着"太太敬叩"，还特地用楷体写明姑姑的本名"林久子芳鉴"，正文写在两张半纸[2]上，字迹拙劣，大小不一，似乎使用笔尖磨秃的毛笔醮着浓墨仓促写就的。

姑姑看信的时候，闪烁着怀疑的眼光，忽而皱眉，忽而咬紧嘴唇，忽而脸色凝重，流露出各种各样的表情，看完以后，脸如土色。

"哼，你们也看看吧！"

说罢，她把信扔到两人面前。相面先生所谓的"死相"大

1　劝进帐，劝人信佛行善的化缘簿。
2　改良半纸，半纸即和纸（日本纸），只是尺寸为整张和纸的一半。改良半纸是将骏河半纸加以漂白的一种和纸。明治末期在市面销售。

概指的就是姑姑此时的面相吧。简直就是魂飞魄散，连舌根都不能动荡。

这封信究竟写的是多么可怕的文字呢？——佐伯忍着昏眩，像俯瞰深不见底的深渊，从被窝里爬出来，上半身匍匐在信上。用不着看这封信，他的心脏悸动就会让心脏破裂。照子把下巴搁在火盆的边缘上，从对角线的方向斜看过去。

我自今天起，决心不再回这个家，因为我在这家里吃饭、与家人见面，都已经变得很不愉快，其原因，各自扪心自问，便可得知，尤其照子和佐伯必有所感。然而，我今在此宣布：你们深思熟虑，痛改前非吧！这样的话，我尚可宽恕你们的罪恶。

首先，我在这里不能不追究照子的母亲久子的罪愆。你在丈夫敏照氏过世之后，并没有尽到遗孀的责任。你违背敏照氏生前的遗训，在丈夫唯一的遗爱女儿的教育法上严重失误，导致照子堕落到今天这样的地步，这不是你的罪愆又是什么？与敏照氏生前的家风相比，如今家风颓废几乎到了荒谬绝伦的地步。我尚为此忧虑，曾数次提出忠告，但你置若罔闻，反怪我多管闲事，乃至于冷嘲热讽，毫无反省之意。应该说是你致使家名衰败。

尤其是你明明知道敏照氏将其女照子嫁于我之遗志，却故意回避，不仅想破坏这个婚约，甚至还时常打算否认婚约本身，这是欺骗亡夫，罪莫大焉。倘若敏照氏在地下有灵，定会失声痛哭。

啊，我为你们母女已贻误半生之光阴。请你们记住：我不能不对你们实施复仇。尽管我受敏照氏之恩惠甚大，但你们母女既然以我为敌，同时也就是与敏照氏为敌，所以毫无怜悯之意。事已至此，我虽多次念及敏照氏知遇之恩，但对于你们的堕落，已经一忍再忍，忍无可忍。

最后，我还想对佐伯说一句话：事到如今，我对你采取最后之手段已刻不容缓，但你如果能幡然悔悟，按照我昨晚所提出的条件即刻执行，离开林家，或许我对你还有宽容之道，即使我在林家，也会时时刻刻毫无懈怠地监视你们的行动。如果你一意孤行，胆敢反抗，那以后就多加小心吧。至少夜间外出要留意提防为宜。

信写到此，如果你们以为这是恐吓信，大概会觉得害怕，但如果实际遇见的话，其实并非如此可怕，只不过让你们多少感觉触目惊心而已。

“哈哈，那小子终于爆发了。”

佐伯说罢，看着姑姑的脸，他觉得姑姑的脸色比这封信的内容更加可怕。

照子虽然看过信，但其实并没有好好看，说道：“不论他说什么，别管他，他还会回来的。”

“真的能回来吗？我觉得这次大概很难……”

姑姑感觉浑身发冷，便探出身子，抓过火盆，再一次仔细端详扔在榻榻米上的信纸。

“……在家里的时候，一天到晚指责挑剔；一旦跑出去，又挺挂念担心，我对他也没什么办法。如果他在家里，不管怎么说，不用这么担惊受怕。可一旦跑到外面去，也不知道他到底想干什么，说不定今天晚上就在咱们家周围转悠呢。”

三个人都沉默下来，不约而同地竖起耳朵倾听外面的动静。这一带，白天就不是人来人往的热闹地带，晚上更是漆黑一团，如果把身体紧紧贴在门板上，两三尺之外就看不见人。

其他地方，例如胡同口的垃圾堆后面、屋后的院子木门的角落里，等等，到处都有藏身的地方。

这时，三人的耳边响起“吧嗒吧嗒”从远处传来的、蹑手蹑脚的脚步声，原来好像是穿着草鞋或者光着脚丫的人轻声行走的声音。吧嗒、吧嗒、吧嗒……脚步声有着一定的间隔、平静安详地向门前逐渐走来，然后远去。过了一会儿，好像是穿着胶皮底布袜的车夫迈着坚实清晰的步子拉着三轮车跑过，到家里人听出来时，车夫已经从家门前过去了。

“到底是怎么回事啊？……这一阵子你们做了什么让铃木生气的事了吗？”

“这个啊……”照子故意装作仔细考虑的样子说道，“铃木是从来不和我们说话的，所以不会做什么事惹恼了他。”

“可是，你这一阵子不是经常上二楼来吗？……既然这样子，大家都是家里人，没必要对我隐瞒什么，把真实的情况告诉我。不论阿谦还是你，做了什么让铃木感觉极其气愤的事了？”

“让铃木极其气愤，你指的什么事？”

“这事也好，那事也好，你这一阵子一天到晚就泡在二楼，谁都觉得不正常。我出于母亲的偏心，也不会想到你们会做出什么行为不端的事，但铃木的怀疑也是可以理解的。——所以，你们要把真实的情况告诉我。”

“爱怀疑的人总是疑神疑鬼。但不管别人怎么说，首先是当母亲的应该相信我们。”

“嘿，你这个说法，是把你妈当作傻瓜吗？我本想好心好意地偏袒你们，没想到你还倒过来数落你妈，让我气得不行。”

姑姑说罢，转身对着佐伯，半是征求他赞同的意见，半是盘诘真实情况，说道：“阿谦，照子就这么个态度，我也拿她没办法。我这个当妈的，不论怎么老眼昏花，你们干的事都能基本猜出来。我也是在年轻时候吃过很多苦头的老年人，你们怎么隐瞒，也瞒不过我的眼睛。今天我不会责备你，你老老实实地把事情告诉我。”

“哈，让姑姑为我担心，实在不好意思。实际情况是这样的……”

就在他犹豫不决说真话还是说假话的时候，他从被头探出脑袋，只见照子不断地对他使眼色，他的胆子立即大了起来。

“……其实呢，我们根本就没有什么秘密。就像刚才阿照所说的那样。”

“哦哦。”姑姑颇为怀疑地点了点头，像穿和服的中年男子常做的那样，将一边的胳膊肘在小碎纹绉绸短外褂和服的袖里支撑起来。此时她的脑子与其说充满探听他们真实情况的欲望，不如说如何极力做到不被他们所蔑视。

“这件事啊，还是妈妈胡思乱想了。以前的人，只要男女关系好，马上就被人怀疑，可现在的年轻人的心情，你就不了解。年纪大的人，越是那种酸甜苦辣都经历过的人，就净往那方面想。其实呢，表哥也好，我也好，都接受过正规的教育，但至今还是被认为如果离开母亲的监督就会犯错误一样，真叫人受不了。男人也好，女人也好，只要两个人的爱好兴趣一样，就会自然而然地多接触，这不是很正常的吗？谁还会有那种不光明正大的想法呢？”

“啊，不，我没有说你们不光明正大的……”

姑姑慌慌张张阻止满脸通红的照子对自己的反唇相讥，说道：“别这么大声嚷嚷，慢点说不好吗？听得明白的。——好了，我对你们无端怀疑，是我的不好，这一点请你们谅解。但是，既然你们是这么清白的关系，你们也不愿意这样被别人无缘无故地猜疑，跟那种愚蠢的人吵架也不值得，我看啊，我们完全可以给对方一个说法，虽然对阿谦有点不好意思，请他搬出去住，这样事情就解决了。”

“这样做绝对不行。”

照子正在气头上，一下子否定母亲的建议：“妈妈你做事也太绝了，你这样做只能助长那家伙的气焰。表哥就是搬出去，我也要每天都过去玩，结果还是一个样。你害怕铃木的威胁，就把表哥赶出去，这不是天底下的笑话吗？这本来就是胡说八道的猜疑，反过来让别人以为实有其事。”

“可是，你要知道，人命是换不来的……”

姑姑脸色陡变，就好像面对着危险，终于说出她的心里话：“只要阿谦搬出去，对方才会相信，这样就不会做出过激的行为。”

“妈妈，这完全是你的判断错误。表哥搬出去可以，那以后我经常过去玩，他又会说话，而且要求履行订婚的承诺，那样事儿就没个头了。”

母女针锋相对的争论持续了将近一个小时，但最后没有结论。

“表哥，不管妈妈说什么，你都别在意。她连小偷都怕，可家里要是没有一个男人，她心里就没底。”

听照子这么一说，佐伯也无法对自己的进退做出决断。自己也好，照子也好，把事情闹得这么大，但还是觉得对这里残留着恋恋不舍的感情，由此陷入了一种非常不协调、难以理解的心理状态。

“那就随你们的便吧，我也不知道以后会怎么样。”

姑姑满腹牢骚地下楼去了，但是她不让阿雪睡觉，要等照子下来，自己也倚靠在长火盆边上，没有合眼。

“阿照，我有点不放心，以后你就和我睡一起吧。”

她忘记了刚才和女儿面红耳赤的争论，既不倔强也不固执地一味哀求女儿。照子露出一丝狡黠的微笑说道：“那样的话，妈妈你睡在我身边，不怕受我牵连啊。”

当天晚上，大家格外检查门窗是否关严，厕所整夜都亮着灯。到第二天将近中午的时候，姑姑的恐惧才慢慢平息下来。每当外面的格子门开关的时候，姑姑都会心惊肉跳地踮起脚尖，躲在隔扇背后偷偷窥看玄关方向。

“阿雪，你出门的时候，要细细观察咱们家周围的情况。”

“是的。太太，好像没有发现有什么人。”

姑姑私底下不知道叮嘱阿雪多少遍。

傍晚吃过晚饭后，挡雨窗从白天就一直关着，姑姑坐在起居室里发呆。长火盆里的炭火噼里啪啦烧得正旺，架在上面的铁壶里的开水发出响亮的、安心的沸腾声。

照子依然跑到二楼，不见下来。

“啧！”

姑姑撇一下嘴，心里抱怨道：“这个女儿，真拿她没办法。我为她操了多少心，却一点儿也不领情，由着性子来，整天黏在佐伯身边。……那佐伯也是，根本不理解我的一片苦心，自己主动搬出去，不是理所当然的吗？我还是上去，再和他们谈一谈。”

就在这时，廊下的木门被风灌着往里边方向吹进来，接着又像被吸引到外面一样“嘭”的一声响。似乎寒风忽然刮起来了，这样的夜晚，要是发生火灾……万一那个蠢货纵火，那可不得了。

当当当……墙上的挂钟敲了八下。姑姑猛然站起来，满眼幽怨地望着二楼，正准备踏上楼梯，却听见阿雪叫着“太太，您在哪儿……”，而后脸色煞白，从厕所的洗手处冲出来说：“也可能是我神经过敏，总觉得不对头。您来一下。”

“不对头？什么不对头？”

“我好像听见厕所窗外有人的脚步声。”

“大概是风声吧。”

两个人一前一后悄悄走进厕所，凝神屏息，却听不到脚步声，但好像不时听到非常细微的人的“呼呼”的呼吸声。然而，这究竟是不是人的呼吸声，由于异常兴奋的神经的作用，也无法判断，但如果真的是呼吸声，那只能推断有人悄无声息地贴在厕所的板缝上，观察里面的动静。

“你瞎说什么，不是什么也没有吗？”

“是吗？我刚才觉得不对头，这是因为我的心理作用吧。”

两个人像是互相安慰着，小声交谈着走出来。正当她们走到大便与小便交界处的时候，都忽然像被冻僵一样直立不动，默不作声地面面相觑。就在她们话音未落的时候，忽然听见外面传来“吭哧”的咳嗽声。还没听说人以外的东西会发出这样的声音……

两三分钟后，姑姑牙根发抖、膝盖哆嗦着爬上二楼。

“哟，不，我也以为是风声，可是……阿谦，还有你，赶紧跑一趟派出所去报警。”

“不看清楚了就去报警，人家还以为有病啊。如果外面真的有人，要是小偷就很讨厌，但如果是铃木，不理他不就完了。”

“你们还是下去好好检查一下吧。”

佐伯的眼色多少有些闪烁犹豫，但还是要装作威风凛凛的姿态，这多半是照子偷偷在后面捅他屁股的缘故，他才没办法做出豁出去的样子。“杀人”——这个词就让他心惊胆战，但不可思议的是，他竟然走在两个女人的前面，沉着冷静地走进厕所。

“我好像没听到什么声音。要不把一块栏板卸下来，到院子里看看。”

“阿谦说什么呢？要是把栏板卸下来，不是更危险吗？——我到外面去看看。”

“没事，不要紧的。”

仿佛从高桥的栏杆上跳下去那样提心吊胆，将靠近防雨窗的两张木板窗打开。外面是黑漆漆的院子，强劲的寒风猛然呼呼刮了进来。

照子把电灯的电线拉过来，从佐伯身后照射院子树木里的各个地方。起先照射左边的墙角以及梧桐树的周围，然后把灯光转到春日灯笼的青苔上，看得清清楚楚。与此同时，一股略带薄荷味的东西从佐伯的衣领到手指尖顺畅地流过。他意图使自己冷静下来，但不知不觉间出现与自己的意愿相违背的心脏悸动。

电灯光从左边逐渐往右边转动，照亮树篱的边边角角，然后逼近到厕所方向。佐伯清晰地看见自己从二楼的窗户扔出来的敷岛牌香烟的烟头落在花岗岩踏脚石上。

“阿照，再往前一点。”

说罢，他穿着院子木屐，走到厕所后面，路上衣领还被蜘蛛网刮了一下。

佐伯低头一看，只见铃木蹲在垃圾口的黑暗中，后背紧贴在板壁上，像一只混沌睡觉的雨蛙。在这样的地方，看来他既不会逃跑，也不会飞走。

“你来这里干什么……”

佐伯气势汹汹站在他身边，大声喝问，很像一个警察审问乞丐的光景。

“……立即给我滚出去！”

哗啦、哗啦……听见八角金盆的叶子的声音，佐伯见地面很潮湿，脚上的院子木屐粘在红土上，在这个关键时刻，他迅速后退。

“呀！”

铃木的声音十分沙哑，好像沉淀着重重心事，看不见他嘴唇的动作，只是一团黑影在叫喊。

“出去不出去是我的自由，用不着你管！”

“胡说！这是别人的家，怎么能随便进来！有事走前门询问。你蹲在这里想干什么？”

“我愿意。我有我自己的想法。”

说不定这小子已经疯了吧？要是他比自己先发疯，那太痛快了！佐伯的心头掠过一丝想亲切安慰一下的想法。但是，如果真的发疯的话，更有舞刀弄枪的可能性，可是，铃木还是一声不响地蹲着。

佐伯一把抓住铃木的衣领拉起来：“不跟你说废话，赶快走！”

“别这样，要是妨碍你的话，我这就出去……”

铃木没有丝毫的反抗，老老实实站起来："我想走也走不了，木屐带断了。能让我在那边坐一会儿吗？"

说着，他一瘸一拐地向廊子方向走去。

照子依然拿着电灯站在防雨窗旁边。

"要是系木屐带，那就快点！"

铃木一边听着佐伯的训斥，一边朝照子迅速瞟了一眼，然后坐在廊子上。他从一只脚上脱下皮革带断掉的油桐木屐。他住在这里的时候没穿过这一件旧褐色的御寒大衣，也不知道从哪里弄来的，显得又厚又重，鸭舌帽盖着眼睛，不停地摆弄着木屐带孔。

"啊……啊，我是个不幸的人。心爱的女人被人夺走了……"

他无意间叹息一声，本意是说给照子听，但对方毫无反应，于是直接喊道："喂，阿照……"

然而，他虽然面对照子，但还是弯腰低头，上半身蜷曲在木屐上面……

"喂，阿照……"

当他再次叫喊时，只听见从身后传来照子凛然不可侵犯的怒斥声："别叫我阿照！我的名字不是你喊的。"

“哈哈哈，以前叫你小姐，但现在我不是这里做帮工的学生，已经没有任何关系了。”

“既然没关系，那就赶紧走吧！”

“别这么催我啊，马上就好了。……不过，阿照，你被佐伯骗了。这家伙有什么值得信赖的呢？”

“你别管闲事，赶紧走吧！”

说罢，照子把电灯线挂在门楣上，然后急匆匆回到里屋。从八叠榻榻米房间到玄关，所有的隔扇门都打开，被电灯照得一片光明。姑姑和阿雪也不知道上哪里去了。

“好了……”

铃木把木屐扔在廊下，然后缓缓站起来，盯着眼前这个对手：“佐伯，你是无论如何不想痛改前非了？”

“你说了多少遍没出息的话，既然对我有恨，那就像大男人那样采取干脆的手段好了。你所说的最后的手段，只是嘴上恐吓而已吧，不是动真格的。”

“不，可是……”

“笨蛋！”

佐伯大喝一声，将全身的力量集中在紧握的拳头上，对准他的耳边猛击过去。他的奋力一击，仿佛自己的身体也随着消失，这一阵子他心头策划的事情果然得以实施，感到无比的痛快，心中的憋屈也一下子轻松下来，结果自己也摇摇晃晃地要晕倒下去。

“打得好！我的女人被抢走了，我还挨他的揍，我也太惨了！”

“觉得委屈，把我杀了不就得了。带尖刀来了吗？”

“这个算不上吧……”铃木嘿嘿一笑，手伸进怀里取出来，“真不好办，这么说，你真不想悔改吗？”

“所以，你就杀了我吧。”

就在这个瞬间，一件闪光的东西在铃木的右手里闪烁一下，又藏到外套里面。

“光嘴上恐吓不行，要杀就快点动手！”

佐伯像话剧演员在舞台上亮相一样，挺起胸脯，双手后背，仰望天空，只见美丽的星星闪闪发亮。

这时，铃木还在嘿嘿发笑，看不出他断然实施的迹象。

“真不像个男子汉。要是下不了手，就赶紧走吧！”

佐伯自以为是地推着铃木的胸膛，把他推到厨房后门的刹那间，只听见铃木一声叫唤："你瞧你瞧，在这里不也是男子汉吗？"

佐伯的下巴底下顿时有一道被鞭子抽打的感觉，鲜血立刻涌出。

"哼哼，终于下手了！了不起，像个男子汉。"

佐伯的身体摇摇晃晃，手捂着伤口，说出这句不肯低头的话之后，他的身体被铃木压在板墙上，几乎把板墙压倒。铃木似乎还在嘿嘿微笑。

当他的喉咙被铃木割破的时候，佐伯拼尽最后的力气发出不可思议的声音，但这已经不再是不肯低头的话，而是痛苦的惨叫。虽然他的身体瘦小，却有大量的鲜血强劲迸射出来，手脚指头如蜈蚣那样战栗哆嗦。

异端者的悲哀

一

正在午睡的章三郎清楚地知道自己此时正在做梦。白鸟张开缎子般闪亮的翅膀，在他的脸上吧嗒吧嗒地拍打着。这羽翼的扇动近在鼻尖，令他甚至感觉憋气，洁净柔软的羽毛恍若刚刚消融的淡淡春雪，不时在他的睫毛上清爽地掠过。他几次在梦中告诉自己“我是在做梦”。他的意识逐渐麻木，仿佛迷迷糊糊地被诱惑着坠入甜美芳醇的沉睡的底层。但是，只要心头稍微一收紧，又立刻清醒过来，似乎在脑海里照进一缕迷蒙的微光。就是说，他正徘徊在睡与醒的中间世界，他希望自己暂时这样半睡半醒，尽量摇摆在现在的半意识状态里。“如果自己想从梦中醒来，那也完全可以”，他一边这样想着，一边怅然若失地看着美丽的白天鹅的幻影，这使他的灵魂享受到难以言喻的喜悦和快感。

初夏正午的阳光从窗户照射进来，在仰卧着的自己的眼皮上闪耀，于是让他梦见天鹅。那“扑哧扑哧”拍打翅膀的声音大概是风的吹动，尽管他能清楚地感觉到这一点，其实还是在梦中。他认为这对他来说是一种非常罕见的特殊的体验，感受到一种不具有像他这样病态神经的人难以企及的宝贵境界的快乐。他甚至怀疑自己具有可以凭借自由意志、随心所欲地制造出任何错觉的能力，正如将此时浮现在眼前的鸟儿转换成妖艳的女人的幻象一样，他开始逐渐凝聚自己的念头。于是，鸟的影像被吸进黑暗的背景深处，逐渐变得淡薄，而如同小孩子玩的肥皂泡那样闪耀着五彩斑斓的霓虹，无数气泡飘摇升起，其中最大的那个气泡的表面清清楚楚地映照出极其怪异的裸体美女，随风飘舞，如青烟袅娜，演示出种种媚态。这一切他都看得真真切切。

“太棒了，太棒了。我的脑子显然具有特异功能。我具有随心所欲编织美梦的能力。也许我在梦中可以见到恋人。要是这样的话，我倒想就这样活在睡梦里……”

然而，就在章三郎这样异想天开的瞬间，他的眼睛猛然睁开。恰似小孩子吹气太用力把肥皂泡吹破一样无奈的悲哀，却想把已经飞散到空中的虚幻的影像收回来，他慌忙闭上眼睛，但美女和天鹅终于没有回来。他慵懒地起床，双手支颐，仰望五月天空上的片片云彩，感觉那就是梦中幻影的真实形态。夏日的天空，一碧如洗，苍穹南风浩荡，浮游的云块都步履匆匆地赶往北面。

“梦也好，天空也好，都是那么美好，可为什么我生活的这个世间竟如此污秽？”

章三郎这么一想，更怀恋刚才梦见的虚幻世界，胸中充满无法排遣的郁闷。

他居住在日本桥八丁堀狭小拥挤的小巷里头，大杂院的二层的一间陋室里，除了从西面窗户可以望见辽阔的天空外，其他没有任何一件东西可以产生美感。不论是四叠半的榻榻米，还是壁橱的拉门，与牢房相差无几的墙壁，还有四边切成方块一样的平面，就像一个狼吞虎咽地吃粗点心的小孩子，吃得满脸污脏的样子。屋顶低矮，通风不畅，终年郁积室内的湿乎乎的恶臭，在蒸笼般酷热中散发怪味，仿佛腐蚀到居住者的骨髓。

如果没有那一扇唯一可以看见一小部分天空的窗户，章三郎感觉自己恐怕要发疯死去。无论如何都无法使人相信，这就是以万物灵长自居的高尚生物的栖息之所。

然而，不管世间多么肮脏，章三郎都不希望飞离这个自己切切实实生存的大地，像童话中的小孩子那样飞升进入虚构的天堂，或者被救往梦幻般的乐园。如同从泥土里生长出来的植物，在泥土底下尽情地伸展扩大根须，充分享受生的愉悦，他依然对这个现实世界恋恋不舍，极力从中寻求一些快乐。我觉得这对他未必没有可能。尽管自己现在居住的陋巷破屋四周充斥着丑恶、阴郁、不幸，但是他不相信人世间都是这样的阴暗、冰冷。恰恰相反，如果能够攫取巨大的财富、拥有健康的身体，获得可以营造与王公贵族相匹敌的奢侈豪华生活的身份，那么，这个世间肯定远比天堂以及梦幻的仙境更加美好快乐。现在身陷逆境，要想转而获得那种身份，也许只能祈求如同痴心妄想般的侥幸的机会，但总比投胎转生到天堂或者华胥国的可能性要大。——这么一想，他对世间的生命就不失望了。即使自己攀登不到王公贵族那样的高位，但希望逐渐摆脱现在的穷愁潦倒的困境进入上层社会。升一尺进一步亦自有其乐。然而，如今甚至连这一尺长进的门路都没有，这令他十分恼火。

同样是人，自己为什么生为贫民，不得不从社会底层作为起跑点呢？为什么命运之神给予自己如此恶劣的先天条件呢？章三郎越想越火冒三丈。如果自己是一个注定生于陋巷，死于陋巷的脑力低下、缺乏情趣的毫无价值之人，倒也罢了，偏偏自己是一个接受最高学府的教育，即将获得文学学士称号的有为青年。自己虽然与那些蚩蚩蠢蠢的蝼蚁之辈的贫民为伍，但与毫无智识、得过且过的那些人绝对不一样。自己具有伟大的天才和非凡的禀赋，只是因为这天才和禀赋恰巧不适用于物质致富的成功之道，只是在文艺方面显示出卓越的才华，以至于至今无法从生活的逆境中挣脱出来。

“哼，简直岂有此理……”

章三郎不由自主地大声脱口而出，却立即心头一惊，赶紧收嘴。最近他经常发出怪声，自言自语地说些什么。说出来的话如果是与他脑子长久思考的内容有关，那还说得过去，问题是毫无关联。就是忽然间心血来潮，从右脑通往左脑的所谓“Passing Whim”（一闪念），不假思索地一下子冒出来，便成为他独特的自言自语。幸亏他这样突发神经般地叫唤时，多是周边没有人的时候，万一让人听见就不好办，因为有时他稍不留神就冒出一些听起来令人羞耻或者令人害怕的话来。这些令人羞耻或者令人害怕的话的种类大致比较固定，几乎都是只会被视为狂人谵语的莫名其妙的怪话。最近他最频繁蹦出来的话是以下三句：

其一是“讨伐楠木正成，[1]扫荡源义经[2]……”

其二是三次呼唤一个女人的名字：“阿滨、阿滨、阿滨。”

其三是“杀死村井、杀死原田……”

不知何故，这三句话是他最近最频繁的自言自语。每天总要叫喊至少其中的一句。虽然都是短句，但章三郎只有在叫喊上面记述的所有文字后，才猛然惊醒，恢复意识。例如第一句，他不说到“……扫荡源义经……”这儿，就不会意识到自己是在自言自语。他忘乎所以地说到“……源义经……”的时

1　楠木正成（1294？—1336），镰仓幕府末期至南北朝时期著名武将。在推翻镰仓幕府、中兴皇权中起到重要作用。

2　源义经（1159—1189），平安时代末期、镰仓平安时代初期的武将。其生涯富有传奇与悲剧的色彩。他和楠木正成、真田信繁都身为武士，最终选择背离武家政权，并因此献出了生命。

候，必定会突然惊觉起来，急忙闭嘴。第二句话一定要重复三遍“阿滨”的名字。第三句话，说完“杀死原田……”，就立即悚然害怕，浑身哆嗦。他自言自语的声调总是中音快速，如同人们平常的梦呓。

这些自言自语中出现的名字，多少感觉与他平时的思想有所关联的应该是“阿滨”这个名字。她是章三郎初恋的女子。薄情寡义的章三郎两三年前就抛弃了这个姑娘，如今她在何处安身、如何生活，毫不挂念。但如此频繁地念叨她的名字，连他本人都感觉意外。不过，与另外的名字比起来，“阿滨”这个名字还是和他有点缘分。虽然本人极力想忘掉，但“初恋的女子”这个印象的确刻骨铭心，深入他的潜意识底层，所以一遇到什么机会，就会脱口而出。令人奇怪的是村井和原田这两个名字。他们都是章三郎的中学同学，可是并没有什么特别的交往。这两个人只是和章三郎同一个年级，平时都很少有机会一起玩耍。只是这两个人当时是年级数一数二的美少年，章三郎曾一度倾慕他们的姿容，每天夜里都会梦见他们的幻影，令他神魂颠倒。相当长的一段时间，大概有一年半载吧，他的脑子每天都被对这两个人的胡思乱想折磨得苦不堪言，但真实的关系始终一直淡薄疏远。美少年对他并不亲近，他也没有勇气接近他们。不久中学毕业，听说村井回乡务农，原田则进入九州的高中三部[1]。当然，此后章三郎与他们既未见过面，也没有书信往来。曾经镌刻在脑海里的美少年的记忆也逐年淡薄，甚至想不起来他们的存在，而就在这个时候，最近对他们的回忆却突然如流星般在脑海里掠过，觉得奇怪正要捕捉，却又消失得无影无踪。就在这种追忆消失的瞬间，他必定不由自主地冒出那句话。

“杀死村井、杀死原田……”

叫他们的名字倒没什么，可为什么要“杀死”他们呢？他自己也莫名其妙。不言而喻，他们之间无冤无仇，丝毫没有杀人之心。即使怨大仇深，他也不是干得出杀人勾当的那种人。那么，这会不会是以后将要发生杀人命案的前兆呢？这会不会是自己与他们之间有着可怕的宿业孽愆的预告呢？——虽然也这么想过，却觉得简直就是荒诞无稽的妄想。

1 三部，日本高中分为上午、下午、晚间三段时间授课，以便因家庭贫困要打工的学生也可以上学读书。这里应指晚间授课。

正因为荒唐离奇，他经常对这句话深感愤怒。万一不小心在人前漏出这句话，那肯定会把别人吓坏的。他本人又是多么难受恶心、无地自容啊！要是在人来人往的大街上说出来，又恰巧被巡行的刑警听见，那肯定会被带到警察局，当作罪犯或者疯子对待。

“不，我绝不是疯子！”

届时即使他怎么大叫大嚷，也无人相信。一定把自己送往精神病院，经过医生的诊断，最终还是被宣布为疯子。

至于楠木正成和源义经，那更是大惑不解，他完全莫名其妙自己的脑子怎么会浮现他们的名字。他小时候喜欢历史，曾多次熟读《太平记》《平家物语》之类的书籍，和别的孩子一样，也曾崇拜过正成和义经。但后来逐渐转而喜欢西方思潮及其文学，对日本历史的兴趣随之渐渐淡忘。正成、义经这些遥远的历史英雄事迹对他现在的生活没有丝毫影响。首先，“讨伐楠木正成，扫荡源义经……”这句话几乎没有构成完整的意思。他每次说这句话，总是羞愧得满脸通红，恨不得地下有个洞钻进去，独自忍受着这种羞耻。

“我为什么会有这种荒唐无稽的怪癖呢？说不定这就是患

有严重神经衰弱的证据吧。”

连他也不能不认为自己的行为属于精神不正常，不得不认识到自己身上的确有一些疯子的要素。只是幸运的是，他发疯的时间非常短暂，能够立即恢复正常，所以一直没有引起别人的注意。

章三郎刚才又无意间自言自语，说完以后马上感觉“糟了”不该说，表情黯然，心情忧郁地陷入沉思，然后深叹一口闷气，慢吞吞地从陡峭的楼梯上走下去。玄关的两叠榻榻米小房间的隔壁是光线很暗的六叠起居室，患肺病的妹妹阿富静静地仰躺在枕头上，从睡衣的衣领间露出苍白的额头。

章三郎一进来，病人凹陷的眼窝深处闪耀的凄惨的眼珠便咕噜一下转过来，直勾勾地看着哥哥。章三郎大概因为知道这种病无可救药，也就一两个月的活头了，所以害怕妹妹用这种异常清澈晶莹的目光盯视自己。可是，他上厕所必须经过这里，前些日子开始感觉尴尬别扭。他尽量回避和妹妹目光相遇，所以总是把头扭向一边，快步朝廊子走去，拉开厕所门，躲在里面，不轻易出来。

“脑子有病，就得注意便秘。”

他的医生朋友前些日子这样劝告他，于是他每天大量喝水，设法尽量多通便。这一阵子每天至少要去两三次厕所，每次都要蹲十五分钟左右。这已经成为习惯，而且往往一边蹲坑一边深陷无边无际的沉思默想，以至于忘记自己来这里是干什么的。

一日，他照例蹲坑，照例在脑子里描绘着各种各样极其无聊的片断思想，描了抹去，抹去再描，漫无边际，不知不觉地想到中国的白居易。

“咦……记得我昨天在厕所里也想到过白居易……”

他忽然发现这一点。

“没错，昨天的确也想过。不仅昨天，前天这个时间在厕所里也想过。为什么我一进厕所就想到白居易呢？不知道这厕所和白居易有什么关系。”

他顺着思路逐步追溯上去，很快就找到二者的关系。原来厕所的地板上有一小片两三天前的报纸，其中关于箱根温泉的报道自然而然地吸引他的目光。要说原因，恐怕就在于此。在他阅读有关箱根温泉的报道时，他的心灵不知不觉地沉迷于曾经游览过的箱根的绿山翠岭，回想起修建在清凉溪谷小河边上的那家旅馆的浴室。当他浸泡在清澈透明的温泉不断流淌充溢的浴池里时，整个身体舒筋活络，舒服得灵魂出窍。当他在厕所里回忆当时的情景时，那首著名唐诗《长恨歌》中描写洗浴快感的“温泉水滑洗凝脂”这句话，便从古老的记忆深处唤醒过来。这样，从《长恨歌》必定联想到白居易。大概这张报纸从前天早晨就一直扔在那儿，他到今天为止见过好几次，每一次目光都落在那篇报道上，因此引发同样的联想，最后把白居易也扯进来。

由此推断，他脑子的活动在前天、昨天、今天，都在一个地方上停滞。他的心灵对于外面一定的刺激似乎只是停滞在产生一定的妄想状态。至少对于章三郎来说，无法认定他的脑子里顺畅流淌着柏格森[1]所谓的“不断的意识流”。

“……对了，不知道所谓的‘纯粹持续’是否是真理……”

接下来的五六分钟，他又联想到心理学问题，脑子极力搜寻先前读过的柏格森《时间和自由意志》观点的零散碎片，

1　亨利·柏格森（1859—1941），法国哲学家，法国科学院院士，1927年获诺贝尔文学奖。代表作有《论意识材料的直接来源》（英译本题为《时间与自由意志》）、《物质与记忆》、《创造进化论》等。

可是早已忘到九霄云外，踪迹全无，连一丝细微的理论也无法追寻。尽管如此，他对自己具有能够偶尔思考如此高尚问题的智力开始深感喜悦：不管怎么说，在这大杂院里，在这据说居住着几百号人的八丁堀市街里，知道柏格森哲学的除了我，别无他人。如果人的思想与行为一样也能够从外面看得见，那么这一带的人们对自己脑子里的学问该是多么震惊赞叹啊！

"我正在思考如此高端、如此复杂的事情呢。"

章三郎自我满足，真想向什么人炫耀一番。

"妈，哥还在厕所里吗？"

在听见房间里传来妹妹的声音以后，章三郎终于拖着发麻的双脚从厕所里出来。他在廊下的洗手盆前擦手的时候，听见妹妹还在嘟嘟囔囔地絮叨着。

"哎哟，蹲个厕所怎么那么长时间哪！一天去两三趟，天都蹲黑了。真不像个江户男人。不能快点出来吗？……妈、妈，你去看看啊！"

终日仰卧着，看着天花板，身子一动不动的妹妹，在这阴暗冷清的家里唯一的依靠就是母亲，和母亲的谈话可以稍微缓解她的无聊寂寞。当她知道自己的生命只剩下两三个月，预感到死亡威胁、心里无限悲伤害怕的时候，会不经意地发出撒娇的声音，叫着“妈、妈……”，和母亲说话。但是，在厨房干活的母亲经常听不见她的声音，这让她的情绪更加急躁起来，不耐烦地大声叫喊：“妈、妈……”

“哎、哎……”

母亲惴惴不安地隔着拉门回答，妹妹啧了一下舌头，开始骂骂咧咧起来，而且话说得很难听。“妈你真是聋子啊！我刚才一直这么叫你，手头有多少事也能听得见吧！”

十五六岁的姑娘，本来就惊人地早熟，聪明伶俐，患上不治之症以后，神经越发过敏，像一个无知的孩子任性纵情，说一不二，母亲觉得她可怜，什么事都依着她。

然而，哥哥章三郎对这个病危的妹妹蛮横无理的口气就不买账，一见到妹妹利用“病危”这个凶狠可怕的武器气势汹汹地对父母、哥哥，本来产生的同情怜悯之心顿时变成了反感。

他好几次都想这样劈头盖脸地痛骂一通：“混账！一个小孩子，用不着你多嘴！看你可怜，不说你，你就蹬鼻子上脸。

病人就该有个病人的样子，老老实实躺在被窝里待着！即便是快死的人，这样狂妄刁蛮，也叫人讨厌！”

他甚至想在她临死之前无论如何必须毫不留情地予以惩罚，不然心头的这一股怒火就消不下去。刚才恰好在厕所里听见妹妹的抱怨，章三郎心头恼怒，恶狠狠的眼光瞪着患者的那张脸。可是，当妹妹那一双不可思议的异常清澄明亮、西方魔女般沉着冷静的眼睛反瞪自己的时候，他立刻感到心里发虚，沉默下来。如果现在和妹妹吵架，在她死后，那一双直勾勾凝视自己的怪异的眼睛一定长久留在这间屋子里，每个夜晚都盯着他不放。别的人不得而知，但对于怯弱病态神经质的章三郎来说，这是绝对会发生的事实，再明白不过的事实。一个年轻的姑娘，对母亲、对哥哥这样嘲笑谩骂，无论如何是没有教养的行为。即使是濒临死亡的病人，坏事就是坏事，斥责教训是理所当然的，然而，不知何故，这个病人具有奇妙的强势，让斥责者反而受到良心的谴责。——章三郎深知这一点，尽管恨得咬牙切齿，最终也只好忍气吞声，不敢发作。

病人因为没人搭理她，大概也就失去了说话的兴头，不一会儿像喘不过气似的突然间无声无息了，但还是眨巴着那一双水灵的眼睛，目送从她枕边走过的哥哥的背影。哥哥回避妹妹的视线，脚步刚迈上楼梯，忽然返回来，小心翼翼地打开病人床边的壁橱。

妹妹突然态度粗暴地问道："哥，你打开那儿拿什么啊？"

章三郎把脑袋伸进黑暗的、散发着霉味的壁橱里，尽量和蔼地回答："前些日子妈妈从日本桥借来的留声机是放在这里吧？已经还回去了吗？"

"倒没有还回去，我是问你找这个干什么。——你别在那个地方找来找去的啊。"

"我想拿到二楼去用一下。你放在哪里了？"

哥哥的脑袋从壁橱里缩出来，环视房间四周，看见靠着对面墙壁的五斗柜上放着一件用横竖条纹的包袱皮覆盖的四方形的东西，像是留声机。

"哥，你别随便把东西拿走啊。这留声机是阿叶借给我的。你不会弄，瞎倒腾，要是把唱片弄坏了，阿叶会怨我的。你别动。"

"不碍事的。就借我玩几天，不会弄坏的。你放心好了。"

哥哥满不在乎地把留声机从五斗柜上拿下来，开始捣鼓机器。妹妹气不过，叫喊母亲。

“章三郎，阿富叫你别动，你就不要动。听见没有？！”正在厨房洗衣服的母亲，一边用系衣袖的带子擦着两手的肥皂泡一边走进来，说道，“……这个留声机是阿叶的宝贝，要是把它弄坏了，真不好交代。她本来就不愿意借给我，我说阿富想听，才勉强借来的。像你这种做事粗鲁的人，连怎么放唱针都不懂，瞎折腾，要是弄坏了，你打算怎么办？我们家里，除了阿富，你爹和我都从来没有动过这机器。”

阿叶是章三郎叔叔的女儿。与章三郎家族日渐没落的悲惨境遇相反，叔叔这一家从十年前就开始发迹，财富日增，现如今在日本桥的大街上开一家规模很大的杂货店。章三郎四五年前上文科大学的学费，去年春天以来阿富患病的医疗费，全部都是叔叔提供。八丁堀这一家人仰仗着叔叔的支持，才得以勉强糊口过日子。本来是堂妹阿叶的留声机，半年前，阿富让母亲去借来。

“阿叶，真不好意思，能不能把你的留声机借给我四五天？阿富每天都寂寞得很，让我过来向你借……”

“嗯，好啊。您拿去吧。”

阿叶很痛快地答应了，但还是把她最珍爱的小三郎的《纲馆》[1]、林中[2]的《渡船》等唱片故意藏起来，并且详细说明怎么安唱针、怎么上发条以后，才借给母亲。

傍晚父亲下班回家，他这个人气量比较小，冷不丁责备母亲：“我不是对你说过，不要去借这么贵重的东西吗？你怎么不听啊？要是弄坏了，那可赔不了，你明天赶紧还给人家吧。”

母亲寸步不让，回应道：“阿富说想听，借来让她听听有什么不可以的吗？又不是对方不借，我硬要来的。”

“那是自然的啊，你出面去借，人家好意思拒绝吗？所以，我们自己不能得寸进尺。人家对我们这么关照，就没有必要再去借人家不乐意外借的东西……”

“什么关照，又不是我高兴让他关照。要是不愿意，别关照就是了。自己没本事，不受别人的关照就过不下去，可一有

1 吉住小三郎（4代）(1876—1972)，明治、大正、昭和时代的长呗演唱家。《纲馆》正式名称为《渡边纲馆之段》，3世杵屋勘五郎作曲，取材罗生门故事。

2 林中（1878—1919)，明治、大正时代的常磐津节太夫。

什么事，就把责任推给我。只要我们的日子不这么紧紧巴巴的，谁愿意干这种丢人现眼的事啊……”

母亲搬出她的老一套牢骚话，委屈的泪水也跟着簌簌流淌下来，从和服衣袖里掏出皱巴巴的纸片擤鼻涕。与其说是怨恨这个没出息的丈夫，不如说是悲叹自己沦落到如此经常哭泣抱怨的境地。实际上，这个家庭几乎每天晚上都要发生的夫妻争吵，总是在母亲的哭诉声中落幕。脾气暴躁的父亲即使在太阳穴上青筋暴跳、大发雷霆的时候，只要母亲说出这句口头禅，也立马成了缩头乌龟，大气都不敢出。

“让一家老小住大杂院这种地方，是谁干的好事啊！”

母亲此言一出，父亲立即哑口无言。父亲、母亲、儿子章三郎、女儿阿富都不是天生的穷人。父亲到间室家当入赘养子的时候，从养父母那里拿到相应的一笔财产，当时的母亲是一个衣食无忧、生活幸福的招婿入门的姑娘。可是，这二十年间，一直走下坡路，逐渐落魄，沦落到现在这样拮据窘迫的境地。母亲坚信，这一切都是父亲无所作为的结果。并非因为父亲参与投机生意，或者吃喝嫖赌导致财产丧失，恰恰相反，父亲为人本分，一直恪守养子的规矩，不敢有任何逾矩行为，结果不知不觉落伍于时代，胆怯懦弱，缺少进取之心，逐渐变得慵懒怠惰，致使家产日渐亏空。就是说，尽管家道中落的责任归结于父亲的平庸无能和缺乏见识，但父亲似乎并没有充分认识到自己的弱点。他墨守成规，死板固执，胆小怕事。他认为只须恪守传统道德，遵循为人的本分，至于其他的幸与不幸，都是命运的安排，所以他对事业已经心灰意懒。不过，在受到母亲正面凌厉攻击的时候，他似乎也的确受到良心的咎责，一脸愧疚，低头不语。尽管争吵总是以母亲的胜利宣告结束，但作为战胜者的母亲也没有痛快淋漓的心情。母亲每战必胜，父亲越发萎靡不振，更使得母亲郁闷不乐，最后像孩子一样不争气地哭哭啼啼，啜泣抱怨起来。

关于留声机的这场争论，最终也是按照既定的路线进行，父亲脸上无光，紧蹙眉头，母亲气呼呼地抹眼泪。

“爸，不要紧的，我以前在阿叶家里就经常摆弄留声机，一次也没有弄坏。我来弄就行，其他人就不要动啦。”

卧床的阿富对父母的争论做出仲裁。那时她的病情还没有现在这么严重，能坐在床上摆弄机器，时而让母亲上发条，自己则亲自安唱针，把唱片放在唱盘上。

“哦，这是吕升[1]的《壶坂》[2]啊。……阿富，你再放一遍。义大夫[3]这么听也好听。”

过了四五天，父亲似乎忘记了争吵一事，跑来听得陶醉入神，一边听一边喝完一合[4]的清酒，心情大好。母亲说喜欢长呗[5]，把伊十郎[6]和音藏[7]的唱片从箱子里翻出来，让阿富放在唱盘上。这样一来，本来是为病人借来的东西，反而被父母用来享受乐趣，最关键的女儿倒变成操作留声机的技术员。大约二十张唱片，每天晚上反复听，也不厌烦，父母亲看着女儿熟练地换唱针，自己一点也不想学，因为从一开始就害怕弄坏，所以干脆不去碰它。瘦骨嶙峋、看着令人心痛的病人少女披着

1 丰竹吕升（1874—1930），明治、大正时代女义大夫师第一人。

2 《壶坂》，即《壶坂灵验记》，明治时代创作的净琉璃演出节目。讲述盲人与其妻子的爱情故事。

3 义大夫，即义大夫节，江户时代前期，大坂的竹本义大夫创始的净琉璃之一。现为日本重要的无形文化财产。

4 合，容积单位，1升的十分之一。

5 长呗，近世日本三味线音乐的一种门类。作为歌舞伎音乐发展于江户。正式名称是“江户长呗”。

6 芳村伊十郎（7代）（1901—1973），江户长呗演唱者。

7 富士田音藏（6代）（1899—1972），江户长呗演唱者。

看上去沉甸甸的棉和服坐在褥子上，安静地转动唱盘，父母亲坐在她身边，低着脑袋，一副洗耳恭听的样子，想起来，这真是一种奇观。女儿的面容犹如正在施展怪异妖术的女巫一样可怕，而父母亲像是一对被女巫的妖法魇住的愚昧的男女。如此看来，留声机被操作得简直就是一种凡人不可知的灵妙神秘的机器。

后来，阿富病情渐趋沉重，自己无法动弹，因为没有其他人懂得操作，留声机只好放到五斗柜上，用包袱皮包起来。而鲁莽的章三郎随随便便地要把它拿走，让母亲和妹妹大吃一惊。

“叫你不要动，你就别动，章三郎！首先，这大白天的，谁家放留声机啊！而且，你根本就没有摆弄过这个机器。”

“天底下还有人不会摆弄留声机的吗？我说不要紧的，就拿到楼上玩一会儿。”

章三郎对母亲和妹妹为这么个简单的机器唠唠叨叨的吝啬小气大为恼火。太无知了！如今留声机根本不算什么珍贵的东西，却那么小心翼翼，不让别人碰一下。既然这么担心，那就别去借来啊。还有，对方也够可以的，就这破玩意儿借给别人，还一再叮嘱别弄坏唱片啦，发条别上太紧啦，好像全世界就这么一台宝贝机器似的，煞有介事的样子。既然要使用，有点损坏不是很正常吗？怕损害，当初就别买啊！——气到这个程度，章三郎无论如何要把机器拿走，不狠狠地磨损一番，咽不下这口气。

“妈、妈……哥，不行！你在那个地方把包袱皮打开，灰尘都进去了。”

“甭管他，随他弄吧，一会儿父亲回来，都告诉他。你就等着瞧吧。越来越不像话了！每天也不去学校，在家里晃晃荡荡的，除了玩，你还想什么！天底下有你这样的大学生吗？”

在母亲和妹妹恶狠狠目光的注视下，章三郎悠然自在地把留声机搬上二楼，放在窗边的桌子上，开始摆弄机器。说老实话，母亲还是说对了，他从来就没有摆弄过这玩意儿。一直认为这东西也就那么回事，自己大致能懂，没什么了不起，可实际一操作，没想到还挺复杂的，机器总不听话，就是动不起来。他把小零件这个拔下来那个插进去，折腾了好一会儿，还是不行，感觉十分棘手。下面的母亲和妹妹开始急躁不安，妈妈叫道：

“章三郎，你在干什么？我不是说过吗！自己说会，实际上什么都不会，要是硬折腾，就会被你折腾坏的。别不听我的话。要弄的话，你拿下来，问问阿富。章三郎，听见没有？别那么犟！”

章三郎顿时气急败坏，心急火燎不顾一切地转动机器，大概什么地方安装错误，唱针死活不转。章三郎在焦躁中叹一口气，一边用手背擦去额上的汗水，一边怨恨地盯着机器，不由自主地悲上心头，泪水盈眶。

“蠢货！为这么点事还哭鼻子？”

他心里自我呵斥，和母亲、妹妹这样可怜的人赌气争个高低而落泪简直就是窝囊废。对于不如自己的人，他一直想保持内心的冷静。

“不管爸妈怎么说，哥根本就不当回事，所以说什么都白搭。我看还得一个更有本事的人，结结实实地训导他一通，他才会醒悟过来……”

从下面病房又传来妹妹口气傲慢的斥责声。章三郎一听，怒火烧心，极不愉快，把刚才的伤心忘到脑后。

“这臭娘儿们，竟敢这样嘲笑我！——谁要你教我留声机的使用方法了？既然这样，老子就把这台机器砸个稀巴烂，不信你试试！”

他立即振奋精神，对这台束手无策的机器重新安装，没想到这回歪打正着，撞上大运，唱针居然转动起来了。他把写有《清元北洲[1]、新桥艺伎小志津》的唱片放上去，开始唱起来。“彩霞多明媚，映照衣纹坂。整理身上衣，年初新购买……”[2]多么妩媚妖艳的女子的天然嗓音，高亢嘹亮，满怀喜悦，声动梁尘。章三郎怀抱双臂，听得如痴如醉。楼下的母亲和妹妹也悄无声息，突然肃静下来。

“怎么样？这下明白了吧，留声机这东西谁都会玩。活该！”

章三郎露出会心的笑容，心头痛快极了。感觉最近从未有过这么舒心的事，情不自禁地随着曲调的节奏摇头摆手，兴致勃勃。可是，当唱到“满街柳绿樱红，不觉落花缤纷……”时，声音逐渐不正常，接着唱盘突然停住不动。这是发条松弛的缘

1　清元是三味线音乐之一种，主要为歌舞伎、歌舞伎舞蹈伴奏。《北洲》似应为《北州》。

2　衣纹坂，江户时代浅草新吉原的日本堤到大门之间的坡道。去新吉原花街的客人在这里整理身上今年刚买的衣服。

故，但是章三郎并不知道这个原因，小心翼翼地试着卷动五六下发条，唱机发出牛叫一样的怪声，稍微动一下，又停下来。

“章三郎，你把机器弄坏了吧？怎么出这种怪声？嗯，喂！”

不知道什么时候回来的父亲从楼下冲着楼上大声叱骂：

“你别不懂装懂，看把机器倒腾坏了吧？喂，章三郎！你听听，这怪声怪叫的，唱盘不动了吧？要弄就好好弄，把东西拿到下面来，让阿富瞧瞧。喂，听到没有？”

父亲还真是担心的样子，站在楼梯口下面扯着嗓门不停地叫喊。

“用不着让她看。机器不正常是因为太旧了……”

章三郎不服气地还嘴，他又冲昏头脑，抱着机器咣当咣当地乱晃一气。他心想要是楼下听见这声音，父亲肯定又会跳起来骂街。果然不出所料，这回父亲怒吼起来：

“喂、喂，你搞什么鬼？怎么会咣当咣当乱响？——什么东西一到你手里，不管是不是借别人的，都这么粗暴对待。真拿你没办法。要是不懂，趁早住手吧！”

接着，楼上“扑突”响起一记更加剧烈的声音，章三郎一下子胆怯起来。

“这机器本来就是坏的，到处都有毛病，我怎么弄，它就是不动。”

还是自己弄坏的！无论怎么辩解，自己所为是无争的事实。这下子，肯定又是老妈脸色煞白地抱着损坏的东西战战兢兢地去日本桥，低三下四地赔礼道歉：“阿叶姑娘，实在对不起，你那么珍爱的东西竟然被我家的章三郎弄成这个样子……”这个时候，阿叶会说些什么呢？对我有什么想法呢？——想到这里，章三郎更觉得寝食难安，在嘲笑别人小里小气之前，首先是自己偷偷使用别人东西的卑鄙低劣的人性暴露无遗。

“怎么会是本来就坏的呢？”

父亲还在楼梯下没完没了地吼叫。

“是你粗暴地瞎折腾把东西弄坏。以前都用得好好的。你这个人真叫人头疼。拿到日本桥还给人家的时候怎么解释啊……”

父亲的气势逐渐减弱，声音开始泄气。接着，好像得到阿富的提醒，他继续说道：“章三郎，你是不是没拧发条啊？阿富说，说不定是因为发条太松，你拧紧试试看。喂，你是不是没拧发条啊？”

“发条已经拧紧了。”

章三郎嘴上这么说，心想反正都已经坏了，管它三七二十一，一个劲儿地拧发条，也不知怎么回事，唱盘竟然开始转起来，小志津的美妙声音重新响起，激越饱满的声音响彻四邻。

“你看看，根本就没坏，就是发条没拧紧。”父亲终于放下心来。

“早问我不就好了？干吗要这么倔强固执，真弄不明白！”

听着妹妹趾高气扬、得意忘形的口气，章三郎肠子都悔青了。他甚至想与其让这个小丫头心情舒畅，还不如真的把机器弄坏呢。

好不容易留声机转动起来，可是他的心情乱成一团，于是兴趣索然。唱片倒是越唱越洪亮，顺畅地一首接一首唱下去。他从清元换上常磐津、义大夫、长呗等各种唱片，可是发条风波一直横亘在心里，十分憋屈，失去了平时那样的兴致。偶尔听到令人心驰神往的曲调节奏，刚开始陶醉在忘我之境，一句窃窃私语总是从心底涌上来：

“瞧你这德行！吵着闹着从母亲和妹妹手里把留声机抢过来，它能给你这么大的快乐？难道除了它，这世间就没有别的快乐吗？”

最终他对自己卑劣贪婪的念头产生极大的厌恶。

尽管如此，为了故意让家里人心里不痛快，只好忍受自己的无聊心态，暂时继续听下去。这样，他更觉得自己的所作所为毫无意义，无名之火在心头熊熊燃烧。他把所有的唱片都听几句，最后剩下的是小桑的落语《千早振》[1]，放上去一听，竟觉得是格外滑稽的逗乐搞笑的作品。

“……哎呀，金先生请进。这么说，您是说您不懂业平[2]的和歌吗？纵然神代亦未闻，龙田川……”[3]

熟悉的小桑的声音突然从喇叭里飞出来，开始口若悬河地讲笑话，那构思奇妙古怪，出人意表，逗得章三郎忍不住从心

1 《千早振》，日本古典落语节目。内容讲述隐居老人对和歌的随意解释。

2 在原业平（825—880），平安时代初期的贵族、歌人。和歌“六歌仙”和“三十六歌仙”之一。

3 这是在原业平的和歌，收入于《古今集》。原歌为“千早ぶる　神代もきかず　龍田川　からくれなゐに　水くくるとは”。大意是：纵然是发生种种奇异事情的古远神代也没有听说，龙田川竟然拧着河水染成鲜红色。这是描写奈良县龙田川上飘落的红叶把河水染红的秋景。但作者采用拟人化的手法，说龙田川把河水拧起来染成鲜红色。

底“呵呵呵”笑起来。笑过之后，立即颦蹙双眉，似乎违背了自己原本的情绪，立即让机器停止转动。

他灰心丧气，仰面躺在房间的正中央，四肢伸开成一个“大”字。就在这个瞬间，自言自语又脱口而出：

“小桑的确说得好。”

二

留声机就这样扔在一边，他迷迷糊糊地睡到傍晚。

“喂，章三郎，还不起来吗？还不起来吗？”

他听见有人叫他，便睁开眼睛，只见父亲一脸凶巴巴地站在枕边，用脚尖在他的屁股上摇晃着。

“就算是亲爹，也不要用脚踢自己的亲儿子吧。真没教养！”

章三郎心头火起，但一转念，让父亲变成如此粗暴野蛮人的罪魁祸首正是自己。父亲以前肯定不是这样粗野、对子女冷酷无情的人。即使现在，父亲要是被阿富以及母亲或者其他人抓住，完全就是一个乖顺的老实人，老实到被人轻蔑。可是，只有对老大章三郎，他就像猛兽一样威风凛凛。归根到底，这是因为章三郎根本不把父母的权力放在眼里，导致彻底扭曲父亲的性格的。不管怎么说，至少在表面上要给父亲面子，但对他来说，就这一点无法忍受，冷若冰霜，所以父亲对他的态度也就“你小子算什么东西”了。

“在谩骂父亲没教养之前，首先有教养的自己应该改变态度。这样父亲也会逐渐以诚相待，双方的感情肯定会融洽起来的。”

这个道理他明白，他不是没想过，只要自己压住火气，对父亲态度温和一点，自己的良心也能稍微舒坦一点。想归想，只要一看见父亲那张脸——或者说一听到他发脾气，那股对着干的倔强劲儿立即冒出来，真是不可思议，根本不会老老实实地听从父亲的话。

虽说瞧不起父亲，当然还不至于主动谩骂，甚至撸袖动手。如果真的这样，那他对父亲恐怕也不会感觉这么不愉快。如果能够感觉父亲完全就是一个外人，像对待外人那样对待他，也许应该比现在更幸福一些。如果骂自己的是一个外人，他完全可以毫不客气地回骂，以牙还牙。如果对自己误解的是一个外人，他就可以立即辩解。如果可怜的人、卑劣的人、贫困的人是一个外人，他就可以对他或安慰，或敬而远之，或施恩。根据情况，甚至和这个人断绝关系。然而，这个人恰恰是自己的亲生父亲，这就几乎束手无策了。

章三郎对父亲无计可施，未必因为他有道德。他和父亲之间横亘着用“道德”这个具有一定程度固定含义的词汇根本无法解释的某种不可思议的隔阂般、压抑脑袋般的阴暗悲伤愤怒的感情，他无论如何无法消除融化这种情绪。有时他走到父亲跟前，与他对抗的冲动立即莫名其妙地兴奋起来，怨恨怒气在胸间搅动升腾。但是，父亲那瘦削衰老的脸上含带着阴郁、令人怜悯的悲哀的神色，因此章三郎在他面前既开不了口，也动弹不得。一想到自己就是从这个老人的血液中生出来的，就会产生一种无法接受的心情，身体也变得僵直生硬。

“都二十五六岁的人了，天天不去学校，你到底想怎么样？……嗯，你说，你有什么打算？”

有一次，父亲不容分说地把他叫去，翻来覆去地盘问追究，训斥一番。这个时候，章三郎总是和父亲正面相坐，却始终默不作声。

“你也不是个小孩子，总有自己的想法吧。嗯，喂，你究竟怎么想的？天天这样无所事事，吊儿郎当。有什么想法，说出来听听。”

父亲以这样的方式步步紧逼，软硬兼施，但即便两人相对两三个小时，章三郎坚决一声不吭。

“想法倒是有，但是说出来，你不会懂。”

章三郎只能这样在心里嘀咕，却绝对不说出来。他也不想为了暂时宽慰父亲的担心而胡说八道。他的内心凄凉不堪，以至于连胡说八道的心情都没有。结果惹得父亲急了眼，开始粗言秽语，于是章三郎也尽量使用明确的表情和态度将心中压抑的反抗心态爆发出来，例如他紧绷着脸，圆睁双眼，露出可怕的样子，或者在对方暴跳如雷的时候，故意夸张地打呵欠。

“啧！”父亲无奈地说道，“你这家伙怎么回事？父亲跟儿子说话，有像你这样打呵欠的吗？再说你这张脸，干吗鼓着腮帮噘着嘴？”

听父亲这么一说，章三郎才觉得心头轻松一些，知道自己的表情和态度所显示的含义已经进入父亲的神经里面，看来达到了反抗的目的，感觉十分舒坦。

“简直不可思议，我这么口焦舌燥地问你半天，你却一言不发，真不知道你是固执还是愚蠢。……从今以后，你要洗心革面，不好好读书那可不行。不能像现在这样睡懒觉，每天早晨六七点就要起床，一定要上学去。还有，不能像以前那样随便住在外面，一出去人就不见了，三四天都不回来，也不知道在哪里过夜。你再不改，我可不答应……”

最后父亲的态度还是软了下来，多少带着哀求的语调，扔下这几句话，就让章三郎离开。到这个时候，父亲的眼睛里总是闪烁着泪花。

“既然都泪水盈眶，你就不能说话温和一点吗？当然，反过来，我的态度难道也不能和蔼一点吗？”

章三郎这么一想，感觉另一种悲伤涌上心头。既然如此，还不如父亲干脆始终坚持强硬的态度，这样自己的心情反而会好一些。

然而，这个悲伤也就维持不到一天，当第二天早晨自己在熟睡中被父亲叫醒的时候，满脑子又恢复以前的想法。所以他依然对父亲的警告置若罔闻，照样每天厚着脸皮睡到将近中午，照样三四天不回家。

“既然这么讨厌父亲，为什么不离家出走啊？为什么不能和父亲大吵一架，断绝父子关系，永不来往呢？与其憋屈在这脏兮兮的大杂院里，外面的世界不是很精彩吗？即便是到处流浪，落魄天涯，也比现在的日子幸福吧？”

他下定决心，也曾数次策划出走。他卖掉古书，向朋友借钱，勉强筹集到一点旅费，悠悠然离家出走十天二十天，东游西转，这种事情都曾有过。可是，十天二十天之后，他最终还是不得不回东京。

“自己这一副躯体成什么样都无所谓。我既没有父母，也没有朋友。”

虽然章三郎这么想，但他最终还是觉得生养自己的父母的家不论多么寒酸破旧，不论这个家里有着多少的不愉快，但依然是自己的归宿。怀念生育自己的故土、眷恋养育自己的家庭，潜藏在他心底的这种盲目性的本能，压制他离家出外漂泊的冲动勇气。

“我这一辈子再也不能回这个家了。我会死在哪一处的荒山野岭，没有一个人照顾我。我至死也见不到父亲一面。小时候抱着我睡觉、喂奶的母亲，也见不到她了。”

想到这个地步，他不由得开始感觉漂泊流浪的不安，胆怯起来，于是重新飘回到和父亲剑拔弩张的八丁堀陋屋。

尽管父母亲如此束缚自己的心灵，但是他越是知道这其中因缘之深，就越诅咒、害怕这种因缘。他想方设法疏远父母亲，却最终还是离不开，他痛恨自己意志的薄弱。

“喂，章三郎，怎么还不起来？快起来！”

父亲还是一边叫唤，一边用脚踢他的屁股。

“你又在睡午觉。……瞧你这懒样儿！留声机、什么东西拿出来，就这么扔在那儿，也不收拾。……东西用完以后，要整理好放回原处！”

章三郎睡眼惺忪地望着天花板，满心不情愿，打个哈欠，又迷迷糊糊地扑通倒下去。其实，他的脑子十分清醒，但就是不愿意在父亲的催促下乖乖起来，故意要坏心眼。

“叫你起来，你还不起来吗？混蛋！”

父亲终于忍无可忍，气势汹汹地抓住章三郎的手腕，一把拽起来，那力气足以让手腕脱臼，接着从怀里掏出一封电报，伸到儿子的鼻尖前，说道：“……喂，你醒过来了吗？不知道从哪里来的，有你的一封电报。好像是你的一个什么朋友死了。”

“哦。”

章三郎淡淡地回应一声，从父亲手里接过电报。对朋友的死去固然吃惊，但让他更加愤慨的是父亲竟然无法无天地擅自拆开自己的电报。今天这件事并非第一起，最近这一段时间，父亲总是私自拆开别人给他的来信，检查里面的内容。

“这是谁啊？把电报寄到家里来，和你的关系应该相当亲密吧？”

“谈不上亲密。”

章三郎气还没消，口气硬邦邦地怼回去。

“关系不是亲密的人死了，不会给你来电报的。嘿，这到底怎么回事？”

“我也不知道怎么回事。”

“你怎么能不知道呢？你这是什么话？”

父亲莫名其妙地发起火来，又立即不依不饶地说道：“……人家问你话呢，连个正经的回答都没有。”

说罢，嘴里又是嘟嘟囔囔那一套老话，极不情愿地下楼去了。

“铃木今晨九时去世。”

章三郎手拿电报，茫然若失地陷入沉思。铃木之死，对他来说，并不特别意外，也并不特别伤心。他只是想起自己和铃木这个同学的亲密交往，发现他的死只是一种奇妙的命运的捉弄。

铃木是茨城县的一户富农的儿子，在当今学生中是少有的品行端正、看重友情、头脑明晰的人。朋友之间，他是最德高望重，最受人尊重、敬爱的青年。章三郎是文科生，高中时与法科的铃木没有深交的机会。进入大学的那年秋末，一天，章三郎手头缺五日元钱，一筹莫展。因为他要参加当天晚上六时在下谷的伊豫纹举行的初中同窗会，必须筹措到五日元的会费。初中同窗会的地点安排在伊豫纹本身就过于奢侈，但担任轮值干事的章三郎多次提倡、力排众议，终于选择这个地点。

他洋洋得意地发表这样的意见："以前的会费都是一日元，吃的是寿司或者盒饭，也太抠门了。这次再请艺伎来助兴，大家热闹一下，怎么样？各位同学，这次的会费，咬咬牙，每人五日元，就足够了。"

虽然许多人对这个提议面带难色，但会员中有的是富二代，开始学会吃喝玩乐；有的是商店二掌柜，手里有点小权，这七八个神气活现的家伙聚在一起怂恿章三郎。

他们半开玩笑地说："你说得对。一两个日元的会费能搞什么名堂啊。要是有人连五日元的会费都拿不出来，那就出得起的人聚会好了，七八个志同道合者开个联谊会不是很好吗？会场交给你了，龟清也好，深川亭也好，挑选个喜欢的地方。"

对章三郎的提议，无论是赞成者还是反对者，都不知道他原来是一个连五日元都拿不出来的穷学生。

"那就定在下谷的伊豫纹吧。柳桥那地方不熟悉，下谷在我们大学生的势力范围之内。"

章三郎一副吃喝玩乐行家的口气，把会员们弄得云山雾罩，事情就这样顺利决定下来。

虽然事情定下来了，但关键人物章三郎从一开始就清楚地知道自己拿不出五日元的会费。嘴上神吹胡侃，其实他一次也没有去过伊豫纹。他甚至已经打好算盘，如果聚会之前能弄到会费，那没得说；如果弄不到，他当天装病不去。

这一天傍晚，在本乡的大街上，他幸运地遇见铃木。

"间室君，好久没见了。"

铃木从来都是学生服、学生帽的正规服装，正从大学的正门出来，与章三郎不期而遇，微笑地打招呼。现在想起来，他当时看上去就觉得面色不佳。

恰好两人都是去往三丁目的电车站，便自然而然地并肩而行，边走边聊。章三郎想把心事说出来，犹豫不决，当走到十字路口两人即将分手的时候，终于红着脸对铃木说道："铃木君，不好意思，你要是有五日元的话，能不能借给我？"

他想到铃木与自己的关系一直就很疏远，这样开口借钱，为自己厚脸皮的贸然举动深感羞耻。

铃木是好心人，推测不出对方的意图，苦涩着脸，说道："哦，这样啊，我这里恰好有五日元……"

章三郎一听，心想"太好了"。

"这钱可以借给你，但下周五之前必须还我，不然我不好办。"

"没问题。周五之前一定还。"

"你可一定要还啊。如果你不能按时还给我，我可就坐蜡了。"

铃木千叮咛万嘱咐，然后才把五日元的钞票交给章三郎。

"谢谢。下周我设法还给你。今天是因为事情很急，我都没时间奔走借贷。——那好，我告辞了。"

说完，他大步流星地朝上野广小路方向奔去。

钱一到手，章三郎就想："终于借到五日元了……至于下周五之前还得上还不上，现在不知道。当然，最好别闹到和那个人断绝关系……我这个人怎么这么恶劣啊！"

自己为什么受虚荣心的驱使，装作有钱的样子呢？为什么明知没有还钱的把握，却开口向人家借钱呢？为什么当时就能对铃木开这个口呢？为什么当时就不能忍住呢？——与其说他对自己的行为感到后悔，不如说他憎恨自己性格中顽固的缺陷。

伴随着后悔的应该是悔改。然而，他虽然也谴责自己的行为，却缺少改过的决心。他深知，即使想改，但自己的性格终归是改不了的。如果再遇到同样的事，他肯定还会提议在伊豫纹操办，肯定还会骗取铃木的金钱。如果他真有后悔之意，那就今晚不去伊豫纹，明天就把这钱原封不动地还给铃木。但是，章三郎无论如何都不会产生这样的念头。

"铃木这边是下周五，还有时间，我尽量想法子吧。如果不行的话，也就是一两个月不好意思和他见面，反正敷衍搪塞吧。——最坏的打算，无非就是断绝关系呗。"

这么想开了，立刻宽下心来，没有任何后顾之忧，放胆直奔伊豫纹，喝得醉醺醺的，和艺伎疯闹一通，快乐似神仙，心里还自鸣得意，“这钱借对了”。

“我欺骗了朋友，就是说，使用骗来的钱寻欢作乐，为什么会这么兴高采烈呢？为什么不担心下周五自己的欺诈行为会被暴露呢？恐怕这世界上没有人像自己这样缺德吧？自己不仅意志薄弱，肯定还是道德麻木的疯子。”

他自己都对自己的精神性病态感到惊异，不能不相信自己的确就是一个疯子。

在约定还钱的星期五之前，他去铃木的租屋玩过一两次，但是从星期三开始，便不再登门。星期五这一天，他一整天躲在八丁堀二楼的家里，老老实实。此后的一段时间里，学校自然去不得，也不敢在本乡的大街上溜达。铃木来过两三封明信片，催促“盼履行承诺”，但是他不予理睬，概不回信。他既没有回信的诚意，也没有还款的能力，更没有辩解之余地，因此现在只能置之不理，等过一段时间，也许对方无可奈何，或许断念死心，事情就自然而然得到解决。

他一方面断定自己就是一个缺德狂，但同时坚信对方铃木的道德。“他绝不是那种恨我一辈子的心胸狭隘的人，他不是那种人品浅薄的人，不会出于受骗的愤慨，在朋友之间到处散播我的背信弃义的坏话。”——他把铃木的人格往对自己有利的方向解释，期盼自己干的坏事稀里糊涂地不了了之，无人知晓。

然而，事情的发展并没有如章三郎所愿，由于借款未能按时归还，铃木被弄得狼狈周章，于是把这件事悄悄告诉十分了解章三郎的两三个人，请他们间接性地帮忙催促。其中有在第一高等中学时代的同室舍友，法科的S、工科的O、政治科的N，他们听到这件事后，都鄙视憎恶章三郎。

政治科的N诧异地说道：“哼，这家伙都给你找麻烦了啊，怪不得这一阵子不露面。他又干这种事。”

工科的O像是嘲笑自己老实巴交似的，戏谑般说道：“从去年开始，他就不到我那儿去了。有一段时间几乎每天都来，经常拉我去什么洲崎啊吉原啊，结果呢，一次也没有付过钱。一切费用都推给别人掏，而且还借走我十五日元，说是明天还，可像幽灵一样消失得无影无踪。我是实实在在地让他给骗了。”

法科的S一副气不过的样子：“你们也够意思的，被间室那么欺负，竟然都忍气吞声。要是我啊，就上他家去摊牌啊。

要是你们不好去，我代替你们去。”

“唉，算了吧。要是他有钱，也不至于骗人。他们家真的是一贫如洗。我虽然没有去过，但是八丁堀的大杂院，那是有名的啊。那个凄惨破败的地方，还是不要打上门去。”

N说罢，像是不太愉快地蹙皱眉头。其实，只有他最了解章三郎的老毛病，但睁一眼闭一眼，和他交往至今。

“呀，因为太气人了，其实我去过他家一回。”O有点不好意思地搔着脑袋，说道，“去年冬天的事情……我对东京不是很熟悉，那种乱糟糟的平民区，我还是第一次去，狭窄的胡同，曲里拐弯，转了好几条，在一个非常难找的后街，附近的人告诉我‘这个大杂院里上大学的只有间室的儿子一个人’，这才找到他家的。进去一看，那房子，正如你所说的，肮脏破烂，就像发霉长毛的贫民窟。一看这样子，我连要钱的勇气都没有了。而且间室本人已经有十天不在家了，反过来那老父亲还向我打听儿子的下落。这倒让我觉得他们实在可怜，赶紧狼狈地逃出来。就这个落魄的样子，那个章三郎还成天吹嘘自己一年到头泡艺伎，还真说得出口！”

N带着为他辩解的口气说道：“当然，这绝对是撒谎，别说泡艺伎，连当天的零花钱也没有。……间室也不是笨蛋，不干这种事就好了，可这个人真奇怪。我是不是委婉地忠告过他，见面聊天，他说话挺有趣的，总是一副满不在乎的样子，我呢，也可怜他，所以一直和他交往。间室心情坦然能去的，恐怕也就是我那个地方吧。因为过从甚密，人的好坏就分辨不出来。"

听完大家的话，铃木对N说："我并不是可惜那五日元，因为这件事和他断绝关系也不值得，你见到他的时候，转告他，那钱等他方便的时候还给我就行。"

章三郎躲在家里一个月不露面，因为后来不见催促的明信片，心想铃木大概死心了吧。一天，他突然来到政治科N的住宿处，和以往一样，若无其事地高谈阔论，又是格言警句，又是幽默笑话。N对他也是依然如故，热情招待，晚饭请他吃牛肉火锅，佐以清酒，两人谈天说地，交谈甚欢，直至深夜。章三郎觉得N对铃木这件事一无所知，心里一块石头落地，便开怀畅饮，喝得步履蹒跚。

N同样也是酩酊大醉，两人就评点朋友、文学评论交换看法，议论风生。当章三郎告辞回家的时候，N送到玄关，突然规劝道："对了，这些日子铃木心里十分烦恼。好像他说你有什么东西必须还给他。其实也没有多少钱，你设法尽快给他送去吧。你这个人，老是玩这一手，这可不好。”

以他们的交情而言，N 可以这样直言不讳地对章三郎提出忠告。

“啊，这两三天就还给他，后天或者大后天一定还。你见到铃木的时候，就这么告诉他。我本来就没有打算不还……”

N 冷不丁攻其不备，章三郎猝不及防，张皇失措，脸上露出乞怜的卑微表情。

“既然想还，还是事先有个回答比较好吧。给你去过好几封信，你一个字都不回，铃木为此十分恼火。你最近沾染上很坏的习气，S 也怒不可遏，说要狠狠揍你一顿。你要不注意，事情就闹大了。我觉得，你挨一顿揍也许对你有好处……”

“我知道了，知道了。我也知道是我不好，你说多了，反而让我产生厌恶情绪，所以你别再说了。我说后天一定还，不就得了。”

“真的后天能还吗？你经常说话不算数，所以我对铃木也不说。即便你后天还不了，以后照样来我这里玩，不用客气，一阵子没见到你，还挺想的。”

“不，还。一定还。”

章三郎少见地认真起来，语气坚决。他心里肯定在发誓：后天之前绝对要弄到五日元。

然而，后天这一天，他把心中的誓言忘得一干二净，一整天都待在楼上看讲义，过了四五天，又到N家里去。

“是这样子，有点不凑巧，钱还没有还给铃木。今天又上你这里来玩了。”

章三郎采取先发制人的战术，自己先说，挠着脑袋，急急忙忙地解释。一般人感觉可耻的事情，他居然满不在乎地笑嘻嘻说出来。他对自己的厚颜无耻都感觉厌恶，心想自己的性格里确实存在有犯罪的潜质，在某种情况下，他可能什么坏事都敢干出来。

“我心想你大概会这样的，别人还好说，但铃木这个人善良正直，这事让他非常难办，你不还给他，他真的很可怜。”

“啊，不要紧的，这次肯定两三天内就还。”

“又是你的‘两三天内’！你要不还的话，我真的要怂恿S揍你。”

章三郎满不在乎地无赖辩解，N也满不在乎地训斥责备。两人经常同样的话语几度针锋相对，你来我往，但这五日元就是回不到铃木手里。

到了五月，突然流行恶性伤寒，铃木不幸传染此病。他平时非常重视卫生，身体似乎也很健康，就是心脏比较虚弱。

“发高烧，要是不影响到心脏就好了。”

铃木住院的时候，去探视的朋友都这么说，却都神色黯然，章三郎见到N的时候，N每次都对他说：“喂，铃木病情越来越重，现在已经瘦得皮包骨头，人都变样了。你还是去探视一次吧。”

“我也想去，可是害怕传染，就没去。我的心脏也不好。”

他的心脏的确不好。即使没有这个因素，伤寒流行就造成他神经病发作，随时都有可能被传染的强迫观念像噩梦一样纠缠在他的心头。

“我去探视的次数太多，说不定我已经被传染上了。看那个样子，铃木无可救药了，只能等死。”

章三郎一下子激动起来，急忙打断N的话：“你别这么说，万一被你说中了，那多可怕……”

“那个铃木，那个前些天还和我们一样健康活泼的青年铃木，很快就要从这个世界消失……”

想到这里，平时随口无意间说出的“死”这个词突然间以千钧之重阴森恐怖地压在心头。N不经意间说出的“只能等死”带着一种异常的声响，将“死”这个东西的黑影投进章三郎的胸膛。

N此后再也没有提起归还五日元这件事。两人都心知肚明，但两人都不再提及。但章三郎总觉得很滑稽，也难为情。

他觉得命运之神不怀好意地这样揶揄自己：“就是因为你欠债久拖不还，铃木终于就要死去。这样子你的失信也就自然消灭了。你是不是觉得很幸福啊？”

“借朋友的钱赖账不还，总归还是可以解决的嘛。”

章三郎照样认为这没什么大不了，竟然觉得这件事已经圆满解决。这样的解决方式对于章三郎未免好得出乎意外，对于铃木未免过于悲惨。比起铃木活着，章三郎赖账不还而受到众人谴责，这样的结果不知道要好多少倍。铃木的结局很凄惨，但章三郎无论如何是幸运的。

他躺在八丁堀的楼上，仰望初夏的天空，时不时茫然若失地想到医院里等待死亡的病人。虽然自己没有去探视，但从多次去探望患者的 N 的嘴里，他也大致可以想象病房里那一种凄凉黯然的景象。——原本青春活泼、满面红光、脸上不少粉刺的健康青年铃木，如今默默地仰卧在病床上，一动不动，瘦骨嶙峋，眼窝略微塌陷，沉甸甸的冰袋放在他苍白的额头和细微跳动的心脏上，护士将葡萄酒从他高烧干渴的嘴唇边上一点点滴进去。病房里弥漫着一股药水的怪味，围绕病人身边的亲属都预感到步步紧逼的死神的威胁，注视着床铺，沉默不语，偶尔进出房间也是蹑手蹑脚。前来探视的人，还有病人的父母、兄弟、朋友，无论是谁，都好像忽然发现这病人是一个了不起的人物。我们这些凡夫俗子无法看到的灵魂与“死亡”的秘密只对现在躺在这里的这个病人敞开，于是忽然把病人抬高到九天之上，犹如非凡的人格者、介于神与人之间的不可思议的智者那样予以尊敬。——章三郎的脑子里清晰地描绘出这种庄严肃穆、令人窒息的可怕场景。他还想象病人在高烧中呻吟的场景。在徘徊于生死之间的朦胧意识的表层，如水泡般消失又聚合的幻象碎片上，究竟会出现什么东西呢？病人难道还没有忘记对自己赖账不还的仇恨吗？他会不会梦呓般地吐露“间室这可恨的家伙，终于被他彻底欺骗了。我死了也要讨回这笔债”这样的话呢？——这么一想，章三郎毛骨悚然。如果病人真的说出这种话，自己当初把钱还给他就好了。

自私自利的章三郎都记得“人之将死，其言也善”这句古代格言，何况平生宽宏大量的谦谦君子铃木，在临终之际，应该不至于对章三郎的背信弃义的行径怀恨在心吧。他一定胸襟开阔地原谅朋友所犯下的微小罪愆吧。

他大概会怜笑着说“间室那家伙也很可怜，那是他的老毛病，没办法”而死去吧。

总之，无论是为本人还是为自己，章三郎只能祈求病人具有圣人般磊落豁达的胸怀而高洁美好地死去。

他早就对N说过：“我不愿意去探视，但如果铃木死了，你通知我。我参加他的葬礼。”

N履约，才发来这封电报。

“终于死了。我的一个朋友兼债权人终于死了。”

他知道这种想法太不近人情，但内心深处还是禁不住对自己窃窃私语。心头的第一个感觉不是对亡友的哀悼，而是问心有愧的自己的幸运。

三

四五个身穿大学校服的朋友聚集在本乡森川町的N的租赁屋里。他们今天早晨和从老家进京的铃木家人一起将昨天去世的铃木遗体护送到日暮里的火葬场，事情办完以后，顶着中午的烈日，饿着肚子，回到这里来。大家都因为连日的辛劳，精疲力尽，横七竖八地躺下来，连吃饭的力气都没有。

工科O脱下校服，用手绢盖在脸上，仰面而卧，睡意蒙眬地说道："啊，累坏了，累坏了。这么热，我都快要死了……"

N光着膀子，一边擦腋下的汗水一边说道："明天早上几点的火车？看情况也许我只能送到车站。我们这些人都拥到他老家去，也给人家添麻烦，我看派一个代表去，怎么样？"

"我打算送他回到老家。"曾经扬言要揍章三郎的法科S热心、认真地说道，"……反正我要去，我当代表也可以，但是，你们也去吧。从东京多去一个人，铃木家里人也高兴。就这样吧，大家都去。"

就在大家说话的时候，这两个月从未露面的章三郎一脸无辜的表情，略显客气地走进来。脾气暴躁的S立刻脸色不快，把头扭向一旁。

“咿呀，对不起，这一阵子……”

章三郎说着，低头对大伙儿打招呼，他的态度比平时同学之间的礼貌略显过于郑重，情绪低沉的样子。他一打招呼，躺在地上的同学很不情愿地坐起来，默默点点头算是回礼。“对不起，这一阵子……”这句话，不仅包含着与大家久违的歉意，也含带对这一阵子行为不端的道歉。至少章三郎是这么认为的。大家虽然不情愿，但毕竟都对自己回礼，他对此理解为大家在心里对他的罪过已经表示谅解。

“昨天给你发了电报，收到了吧？”

N 的话似乎是为了打破冷场的尴尬。

“啊，谢谢。今天我来这儿打听一下，葬礼什么时候举行？”

“葬礼明天在他老家乡下举行。S 作为大家的代表去参加，其他人打算送骨灰到车站。明天上午十点，你提早到上野车站来。”

O 突然调整一下坐姿，若有所思地说道：“嗯，等等……我说不定也去乡下。”

“你去乡下，别有用心吧？今天早晨在火葬场，你就抓着铃木的妹妹说了一大堆奉承话。从这一点来看，你也很擅长交际嘛。”

被N这么一说，O笑嘻嘻地说道：“……他那妹妹真的很漂亮。铃木生前，我就听说过，但没想到那么好看。我想看看她身穿白色罗纱家徽和服，哭肿双眼参加葬礼的模样。”

“你要真喜欢，铃木生前，你就应该向他提出来娶他妹妹啊。我想，你的话，铃木的父母亲肯定不会不答应的。”

“是啊，真可惜。”O半是认真半是遗憾地说道，“不过，现在也不晚。只要说我是你哥哥生前的好友，对方肯定会相信我的。……这样的话，我也去乡下，和你激烈竞争哟。”

“好哇好哇，就是为了把铃木的妹妹争到手，两人一起去乡下。光我作为代表去，在火车上也无聊得很。”S说罢，开心地笑起来。

只要一谈女人这个话题，大家都兴致勃勃，本来章三郎谈女人总是争先发言，滔滔不绝，可能他觉得在这个场合自己没有资格成为竞争者，嗫嚅而未语，只是默默听着三个人的说话。不仅人品卑劣，就家境而论，章三郎也不配娶铃木的妹妹为妻。

除了蜗居在如同乞丐般的陋巷破屋里的姑娘，没人愿意嫁给他。想到这里，他不由得羡慕这三个富家子弟。虽说是玩笑话，但是这三个同学的地位能够让他们沉迷于娶乡下富农的小姐为妻、建立美满家庭的甜蜜幻想，这本身就让章三郎嫉妒。如果自己也生在像O、N、S这样拥有相当财富的殷实之家，也可以顺顺当当地学习研修，不会变成品格如此卑劣的人。如果自己也是富二代，大概就不会受到朋友们的疏远、蔑视。自己之所以在他们面前抬不起头来，一切都归结于金钱的问题。只要有钱，自己在学识广博、头脑敏锐方面绝不比他们逊色。何况自己还具有他们难以企及的艺术天才。

“等着瞧吧，尽管我受到你们的排挤，照样能干出一番大事业给你们瞧瞧。”

章三郎越想越气，心中愤愤不平，充满郁闷，脸色也跟着难看起来，显出可怜的样子。

N大概看到，便话头一转，安慰般说道：“说到妹妹，你妹妹不是长期患病吗？怎么样，好一点了吗？”

“不，不行。无可救药，大概活不长吧。”

由于谈到妹妹这个话题，章三郎终于缓过气来，故意装出忧心忡忡的表情，翻着眼皮，乞怜般看着三个人，语气极其低落。

O这才用和缓的声音问章三郎："什么病？"

"肺病。"

章三郎回答以后，脸上闪动着如释重负的喜悦。

"哟，你这个人的毛病就是总爱惦念朋友的妹妹。"N从旁插嘴开始嘲弄。

"……听说间室的妹妹是个大美人，一点儿也不像她哥。自古以来，都是美人得肺病，所以不用看本人，想都能想出来。年方十六，地道的东京人，而且聪明伶俐，说不定比铃木的妹妹更出色。怎么样？运用你擅长的交际方式，到间室家去探视病人如何？"

"即便是美女，得了肺病，还是敬而远之吧。等她病好了，再发挥我的交际术。"

"要是妹妹病好了，我就让她当艺伎，那时候请O抬爱吧。她真的是一个好姑娘。我夸奖妹妹容貌有点不合适，但的确是少有的漂亮。"

章三郎立刻顺杆爬，满嘴胡说八道。对那个骨瘦如柴的妹妹，他应该从来就没有什么“少有的漂亮”“当艺伎”的想法。他现在的目的就是故意引出众人感兴趣的话题，让大家尽快忘掉对自己的反感。

“那就这样，铃木的妹妹做大老婆，间室的妹妹做小老婆吧。反正哥哥就这么个德行，间室的妹妹要是当艺伎，那一定是精明能干。哇哈哈哈……”

S说完，纵声大笑。那笑声显得极其幼稚，尽管章三郎感觉到话里多少带着讽刺挖苦的味道，但还是和N、O一起笑得前仰后合。

“就连扬言要揍自己的暴躁男S也对自己面露笑容，看来没问题了。把已经死去的铃木和即将死去的妹妹这两个话题搬出来，多亏这一个亡灵和一个生灵的帮忙，O和S似乎也忘记了对自己的怨恨。到这一步就万事大吉了。看来人嘛，对别人总不会一直记恨的。”

章三郎见三个朋友都中了他的计谋，就这么轻易上当，心头不禁勾起淡淡的喜悦。接着，他抓住时机，就像伺候在宴席上插科打诨逗乐取笑的小丑那样，大讲特讲粗俗下流的笑话，耍活宝，出洋相，逗得三个人捧腹大笑。

"哇哈哈哈，好久没见，间室还是这么有趣。"

S不时大声叫喊，就像在宴席上给艺人喝彩那样的口吻。章三郎一听，立即显露出艺人的劣根性，战战兢兢地瞄着N的眼色，用一种奇怪的怯生生的声音说道："刚好今天我还没有吃午饭呢，能不能请我一顿牛肉啊？唉，其实我刚才就已经饥肠辘辘的了……"

"又来了，催饭吃。——反正我们也没吃，你不说话，也有你一口饭，用不着装作可怜兮兮的模样。"

"你说给我一口饭吃，可这住所楼的饭就算了吧，无论如何要请我吃牛肉。我有两三天没吃肉了，现在就特想吃牛肉，如果加上啤酒，那就更好。"

"哇哈哈哈，赞成赞成。我也想喝啤酒。喂，N，既然间室这么想喝，索性就要半打吧。"

由于章三郎说的话实在可笑，S和O也没有生气，反而是忍俊不禁扑哧笑出来。他们一方面你一言我一句地蔑笑章三郎，同时似乎也忘记了对他的憎恶。"这么一接触，倒觉得间室这家伙脾气挺好的嘛，并不是骨子里坏。只是因为做事懒散，漫不经心，结果失去了信誉，想起来也怪可怜的。对这号人，只要你留心一开始就不要借钱给他，其实相处还是挺愉快的。”——他们对章三郎似乎有这样的看法。

就章三郎这边而言，他并不希望和他们更深交往。他认为交朋友这种事其实没有多大的价值。他知道自己的性格任性妄为，缺少道德，不是一个社交型的人，所以做梦也没想结交一个终生意气相投的好友。首先他自己就不愿意和别人赤诚相待，真心以对，说话坦诚。更确切地说，他认为根本就没有必要和朋友认真交往。——当然，他的内心深处肯定潜藏着某种认真的东西，但是，这要在将来他的天才成熟的时候，也许通过诗歌、小说或者绘画这样的艺术形式表现出来，这终究不是可以通过舌尖向每个人讲述的东西。他虽然经常朦朦胧胧地感觉到自己胸中燃烧着对艺术的炽烈追求，但只要一见到这些朋友，除了卑鄙下流的恶作剧笑话，没有任何别的话题。只要一与人接触，在他脑海深处剧烈翻腾的珍贵东西的光芒就黯然失色，只有漂浮在最上层的轻薄、谎言、污秽的东西十分活跃。到这种时候，他自己也断定自己就是一个卑鄙无耻的人渣，连一个男人的自尊心和廉耻心都荡然无存。

“不仅仅朋友，自己之外的任何人对自己都不会有多大的影响力和感化力。自己和他们之间的关系，不论到什么程度，都不过是保持表面的敷衍的交往。自己既不会祝愿他们幸福，也不想通过他们成就自己的事业。被他们的社会敬畏、信任，这与自己的真正价值有什么关系呢？对自己的艺术天资有多少裨益呢？”

章三郎对世上的人们——朋友，不可能怀有亲切的感情。他认为，人际关系中唯一重要的是恋爱。即使这个恋爱，也只是因为能够享受女人的肉体，所以和锦衣玉食一样，都只是官能性的快乐，绝不会把对方的人格、精神作为自己恋爱追求的目标。即使他沉溺于恋爱而丧命，那也不是为恋人，而是为自己的寻欢作乐而献身。因此，他不仅完全缺失亲切、博爱、孝顺、友情这些道德情操，也无法理解感受这些情操的别人的心理。

然而，他未必就是社会上所谓的“厌世者”（Misanthropist）。他一方面瞧不起人，但同时还喜欢和他们一起喝酒嫖妓、吹牛戏谑。十几天二十天不和朋友见面，就觉得冷清寂寞，无法忍受。向往悠闲孤独生活的冥想式心态与迷恋灯红酒绿的帮闲式劣根性经常在他心中交织纠葛。对朋友赖账，没脸见人的时候，他就躲在八丁堀的楼上畏缩蛰伏，或者外出漂泊暂避风头。这个时候，他就自我陶醉，以为自己是一个了不起的人物。当还款期限过去，人们对他的谴责渐趋缓和的时候，又突然间想和N、O他们见面，于是恬不知耻地去他们的宿舍玩，更是厚颜无耻地要人家请他吃牛肉，跟包一样陪着泡艺伎。于是，那些狐朋狗友叫他“大活宝”，吹捧他“乐天派”“格言包”等，居然成为酒席上不可缺少的艺人一样的耍猴角色，他对此心安理得，乐得不可开交。因此，他与朋友之间的关系最终也就是“酒肉朋友”。偶尔有人喜欢章三郎的性格，希望和他深入交往，反而让他感到困惑，不知所措。如果让他把交友的宗旨毫不隐讳、开诚布公地表白的话，可以这样归结：“我的性格是自私自利，极端不讲信用，你们要是不喜欢，就别和我来往。但是，别看我吊儿郎当，我能说会道，会逗乐，如果你们觉得有趣，可以和我交往，当然要心里有数，知道我这个人没有诚信。”

第二天上午十点，铃木遗体火化，骨灰装在一个小得以为人的骨头绝对装不下的小瓶里，从上野车站运回乡下。近五十个同学聚集在站台，在车窗外为他送行。

“儿子生前承蒙各种关照，深表感谢。今天又有劳远道前来送行，实不敢当。”

铃木的父亲操着乡下口音，说话十分得体地向同学一一表示感谢。铃木的那个人称大美人的妹妹文静地低着头跟在父亲身后。

章三郎也和其他同学一样接受父女的诚恳致谢，但他听到“儿子生前承蒙各种关照……”时，觉得像其他人那样只是简单地回答“您客气……”还不够，于是加上“……不，我才……”，还似乎不好意思地稍微瞥了一眼那个小瓶子。

这五十个同学中，有几个人也深受章三郎言而无信、欠债不还的困扰，要是在大街上碰见他，甚至都会揪着他的前胸和他算账，但今天这样向同学的亡灵表示敬意的场合，当然没有人当场剥掉他的脸皮。章三郎顿时觉得天清日朗，这铃木死后还在保佑自己，施恩于他。

四

进入梅雨季节后，淫雨连绵，傍晚时分，终于雨霁天晴，西斜的阳光照进二楼的房间里，金光灿烂。章三郎还是老样子，躺得四仰八叉，浑身是汗，正在美美地酣然午睡。忽然，楼梯响起“吱吱嘎嘎”的脚步声，他醒了过来。

“我也知道送医院好，可没钱有什么办法啊。”

父亲沙哑的声音像是耳语般嘀咕着，走进章三郎的房间。母亲跟在他后面，哭得不成样子，抽抽搭搭地也走进来。

“啊……啊，母亲又在劝说父亲什么事……”

章三郎睡意尚未全消，迷迷糊糊地想着。父母有什么需要回避病人的事要商量的时候，就悄悄地上到二楼，低声交换意见。

“所以，你去日本桥，求求他们，好吗？这可是能否救人一命的大事，如果不让她住院，人们都会说做父母的太不人道了。”

母亲像十七八岁的姑娘那样说话带着娇滴滴的鼻音，咬着和服袖口，凄凄切切地极力忍声啜泣。失去唯一女儿的极度悲伤让她心乱如麻，无法正确判断。

“你又这么说，我们哪里不人道了？我们不是为阿富尽到最大的努力了吗？”

父亲的语气显得粗暴，但立刻眼神阴暗下来，仿佛看见眼前一件不吉利的事情发生。

“如果有救，就是借钱也要让她住院治疗，可是现在明摆着无可救药，我们也做了那么大的努力，结果还是不行。医生都说，看她的这个病体，能不能熬到梅雨以后都不好说。可怜啊，可是有什么法子呢……唉，说来说去，这就是她的命……”

父亲温声细语地劝慰母亲。母亲像固执的孩子一样摇头，说道：“不管有没有救，至少要送她去住院，让好医生瞧瞧，不然我不死心。……河村的阿照病危的时候，不就是去日本桥说情住进顺天堂医院的吗？说是没得救了，就撒手不管，天底下还有像你这样不人道的父亲吗？”

“谁说撒手不管了？实际也没有撒手不管啊。不是每天都让芳川先生来看，尽量采取措施吗？”

“芳川那个庸医懂什么啊！”

“胡说！人家是优秀的医学学士，在这一带是相当信得过的医生。有像你这样瞎说八道的吗？”

父亲怒吼起来，但可能看见母亲一副哀伤可怜的样子，语气又立即缓和下来，苦口婆心地开导：“芳川先生从阿富小时候就给她看病，比不了解阿富情况的医生更可靠一点。他断言，不论请什么样的博士医生来，都束手无策。说来说去，还是阿富命不好。要是我们经济宽裕，可以送到大学附属的医院住院，可以请青山大夫医治，这些都可以做，可这么做，明知没有希望，花这些钱，只是为了心理上的安慰。我们穷人，就是求爷爷告奶奶，也弄不出这些钱来。”

这时，楼下的病房传来阿富叫喊“妈、妈”的急切的声音。母亲只好停止谈话，嘴里说着“哎、哎，现在就下去”，一边急急忙忙擦去眼角的泪水。

“你瞧你瞧，又让阿富那丫头察觉我们上二楼来了，快下去吧。别这么哭丧着脸，不像话！”

“妈、妈，你们都上二楼去了，我一个人好寂寞。”

“哎、哎，这就下去。”

母亲走下楼梯的时候还在滋溜鼻子。

父亲正打算跟着母亲下楼，一眼瞧见章三郎那一副懒样，不说都不行：“喂，章三郎，又睡懒觉了！还不起来啊？快起来！”

“这可怜的老爸。老婆逼他，儿子瞧不起他，女儿快没了，多么不幸的老头啊！”

章三郎刚才一直装睡，在他的屁股照例挨父亲踢的时候，对父亲的同情心顿时飞到九霄云外。躺着的儿子与踢人的父亲在进行毅力耐性的较劲儿，但是，当父亲那热乎乎的脚掌时不时接触章三郎的屁股时，那种肉乎乎的感觉实在恶心，令人呕吐的悚然恐惧，儿子实在受不了，终于抬起头。

“告诉你不要睡午觉，你为什么不听？你这脸皮真厚！”父亲的声音听起来上气不接下气，眼睛冒火，恶狠狠地盯着章三郎，但似乎这样还没有消气，继续吼道，“有睡午觉的时间，还是去芳川先生那儿把阿富的药取回来吧。傍晚喝的药已经没有了，现在马上就去。妹妹卧病在床，你一点儿也帮不上忙……”

章三郎在心里模仿父亲的腔调把话扔过去：“你自己还算父亲吗？儿子的学费你不是一点儿也帮不上忙吗？”

第二天，父亲和母亲又上二楼来，继续昨天的争论，哭哭啼啼，发火斥责，吵吵闹闹。母亲说“如果住院不行的话，希望雇一个护士或者女佣照顾阿富”。她说：“阿富太可怜了，我一直都默默地忍受着，可是，既要干厨房家务事，又要照顾阿富，都让我一个人做，我实在吃不消。你张口就是家里贫穷没办法，把这些劳累的事都推给我一个人……”

母亲噘着嘴，老一套牢骚抱怨。父亲双手抱臂，无奈地叹气，装聋作哑。他似乎对母亲多少年一成不变的思维方式和任情使性的挑剔感到厌恶。

“既然夫妻这么吵架，还不如干脆早点离婚好了。这么个老妈，加上这么个老爸，这个家只能一贫到底。”

章三郎一旁观察，心生一种滑稽又可怜的感觉。以他客观公平的目光看待，未必只是父亲的无能才导致母亲今天的穷困愁苦。如果自己是父亲，他大概会怪罪母亲：“都是你不好，才弄得我贫困潦倒。”而父亲一直咬牙隐忍，也许实际上比母亲聪明几分。

母亲动不动就牢骚满腹地说“厨房家务事，照顾阿富，都让我一个人做”，这是她偷懒怠惰的表现，既没有一家主妇的资格，也没有这个思想准备。阿富身体还健康的时候，母亲没有一次亲自做早饭。与其说不做，不如说不会做。

“一家的主妇，你就不想做饭啊？”

父亲这么一说，她总是愤愤不平的样子，噘着嘴，转过脸去，说道：“我啊，反正学不会。我没想到自己竟然会堕落成这种穷得叮当响的家庭的烧饭婆。”

没有办法，父亲傍晚下班回家以后，只好系上衣袖，在厨房里淘米做饭。早上，母亲以及两个孩子还在睡觉的时候，父亲就起床，在炉灶前用吹火筒吹燃木柴，然后把锅里的米饭倒在饭盆里，再做酱汤。这时，母亲才懒洋洋地爬起来。父亲一大早干完这些活以后，急急忙忙地扒几口饭，连中午的盒饭都得自己装，慌慌张张地赶往老板的商店。所谓的商店，就是越前堀的运输公司，四五年前他就在这家公司担任掌柜。

就这样，父亲也好，母亲也好，似乎只求平平安安地过日子，吃苦受累，碌碌营营，得过且过，终此一生。丈夫没有控制妻子的力量，妻子没有激励丈夫的决心，双方都不想方设法摆脱现在的穷困处境。他们每天一边抱怨自己的命运，一边依然继续着丑陋的人生，既不打算努力，也不打算自杀。

“生活的艰辛难道如此可怕吗？勉强度日地活下去难道就这么难吗？难道自己也必须走上社会，与双亲一起同甘共苦吗？”

章三郎看到这一家是这个样子，所以考虑到自己的未来。他虽然接受鄙视母亲的任性、父亲的无能，但自己毕竟是这两个人生下的，必须无可挑剔地充分继承他们的弱点。虽然深信自己“有优秀的才能”，但从来没有对自己的才能加以研磨，一有时间就贪图安逸，睡午觉，侃大天，喝酒渔色，他比母亲更加懒惰、虚荣，比父亲更加无能、更意志薄弱。

照此下去，他的命运和他的父母亲一样，肯定陷在惨淡的命运里。他不禁感到迫在眉头，而且发现自己的命运正在深陷其中。

“我觉得现在就必须动手。要成大事，现在就要出人头地。”

章三郎愕然失色，开始焦急，一下子奋起精神，要去上野、大学的图书馆泡在里面，桌面上铺着厚厚的稿纸，手握铅笔，思考两三天。然而，不幸的是，他的脑袋放荡不羁，像石头一样愚蠢迟钝，无论是读书，还是写作，自己的心思能有一半集中到书本上就算不错的了。刚才面对着桌子想起来，女人、美酒的味道，这些无数次可怕的、病态的、荒唐无稽的寻欢作乐一下子涌上心头，自己都觉得茫然若失。他的脑子上展现这无数的美梦，恍若就在眼前。无论是睡觉还是醒来，这些怪异奇特的妖女舞蹈、鲜血淋漓的犯罪情节、不可思议的魔术师表演等如同吸阿片、大麻一样，在他的眼前始终变幻出没。

他的心理作用一旦松懈下来，他的神经衰弱立即越发严重。健忘、独语、暴躁、固执，这些症状每天在他身上总要发起几次。铃木去世以后，在他的脑子里根深蒂固的强迫观念随着日子的流淌不再像以前那样威胁他的神经。

“我什么时候死都不知道。也许什么时候就这样走了。”

他一想到这儿，立刻坐立不安，一种可怕的念头压迫自己。因为对死亡的恐惧，他便对所有急病都充满神经过敏。什么脑充血、脑溢血、心脏休克……他每天都要想五六回，要是这么多疾病灾祸一下子降到他的头顶上，他在瞬间就会全身麻木。他在大街上走，会一口气狂奔过五六町；他在电车里感觉自己血液冲上头部，会立刻跳到站台上；他会在夜里一把掀开被窝，连滚带爬从楼梯上冲下去，用自来水使劲往自己脸上泼水；恐惧几乎让章三郎发疯，使他处在难以抑制的亢奋状态。他脸色苍白，双手抱着头顶和胸部，一个晚上全身颤抖地不断冲水。到第二天朝阳出来，他才放下心来，然后一觉睡到中午。

他不知道该向谁诉说自己心中这痛苦的疾病病魔，不知道用什么办法治愈这病魔毒手。他觉得，至少这世界上还没有可以治愈他的疾病的药方。

“大夫，请救救我吧。我非常害怕。我很快就会死去。”

大夫面对这种绝望的叫喊，恐怕也是束手无策吧。

“有什么可怕的，你的身体哪儿都没有毛病。死不了，你放心吧。好了好了，你就安安心心的。”

医生对章三郎也是无能为力，最多也只是口头上安慰几句。

如果这个医生独具慧眼，不但能看到他身体的疾病，还能看到他潜藏在身体深处的灵魂的疾病，那一定会面带冷峻的微笑，带着困惑的表情，向他宣布：“哈哈，这个病可重得很，医生也一筹莫展。你从小就开始耽溺很不正常的肉欲，灵魂受到极度的虐待，所以现在你是因果报应。我清楚地知道你是怎样的一个人。你是天生的精神缺陷者。你已经被医生和上帝所抛弃。很遗憾，以我的能力无法拯救你的生命。”

但是，章三郎比任何人都知道自己的病原，他是故意去医院要求大夫给他做出诊断。他对自己的病只是失望和懊恼的交替。

“你的痛苦是上天的惩罚。这是逆天而行者都要受到的惩罚。像你这样的人妄自尊大逆天而动，最后变成疯子。你难道还不想改变你的生活吗？”

他倾听着良心的低语，于是他对这个低语做出回答：

“是谁把我生成这么一个逆天而行的人？是谁把我生成这么一个畸形的性格——对善心不能认真接受、对美丽的恶业却趋之若鹜。我对我违背道德的行为不能接受天罚！”

他无论如何要反抗这上天不公平的惩罚。他不能这样逆来顺受地承受上帝随便挥下的惩罚的鞭笞。他要想方设法驱走如海啸般袭来的死亡恐怖，尽最大可能活下去，能活多久活多久。即使他的境遇是多么的可悲，在他生来的这个世界上不是充满恶魔所教给我们的无数纵欲欢乐吗？他无论如何要活下去，让自己的肉体、自己的官能浸泡在纵欲欢乐的毒酒之海里。善饮者从不吝惜杯中酒，自己的人生就是尽可能多地品尝享受哪怕是多一滴的美酒。

他根本不想治愈自己的疾病，只是努力在短时间里把这种可诅咒的痛苦忘在脑后。只是偶尔感觉恐怖发作时，他才在半夜、白天、大街上、电车的车厢里，仓皇失措地喝酒。不论在多么危险的刹那间，只要当场起到麻痹的作用，所有的神经都会镇静，浑身的颤抖都会停止。他知道任何姑息的手段只能使病症加重，所以只能采取这种苟且偷安的方式，而无暇考虑自己的未来。

只要有酒，什么都不怕。——章三郎逐渐被这个迷信所俘虏。为了最便宜地支撑他每一天的寿命，他喝酒胜于吃饭。尤其是每天晚上，睡前不喝到一定的量，怎么也睡不着。只要身上有钱，就买那种小瓶装的威士忌，随时带在身上，外出时绝对揣在怀里。身上没钱的时候，没有办法，只要是带有酒精的东西，什么都行，含在嘴里。他曾瞒着父母，从火盆的抽屉里偷走十钱硬币，买来泡盛。他甚至深夜里在厨房里寻找料酒，咕咕嘟嘟往嘴里灌。

母亲有时候对父亲说："这料酒怎么这么快就没了，我老觉得奇怪，莫不是章三郎在半夜里偷喝了。就这样的，肯定是他干的。"

父亲还半信半疑："那种酒怎么能干啊。要是被这小子喝了，你今晚把它藏起来。喝那种酒，那可是伤身体。"

当天晚上，章三郎照样到厨房找酒，却找不到。他心里明白，从隔扇破的地方看进去。只见一瓶料酒放在父亲的枕头，与烟灰盘摆在一起。父亲和母亲躺在病人阿富的两侧，有打呼噜的，有张着嘴、睡得正香的。当牛做马的父亲、爱抹眼泪的老妈。自古就有这样的传说，只有傻瓜才睡得香。章三郎窥探着白天黑夜都像大理石卧像一样仰躺着的妹妹的动静，顺利地把枕边的料酒弄到手。然后躲进厕所里，忍着臭味，皱着眉头，咕嘟咕嘟地往肚子里灌。

又过了五六天，一天半夜，等家里人都睡着，章三郎“吱吱嘎嘎”从楼梯上下来，在昏暗的灯光不是很亮的房间里环视四周，只见那瓶料酒放在父亲的枕边。

“哎，又和我捉迷藏，把料酒藏起来了吧。”

他自言自语，站在房间的正中央，看着三个人的睡相，还是老样子，父亲张着大嘴使劲打呼噜，母亲微微张开傻乎乎的嘴巴，妹妹像倒在路边的悲惨的乞讨者那样睡得安静香甜。章三郎这两三年没有端详过父母的脸，他观看片刻。父亲的两条麻秆似的、长满腿毛的双腿从脏兮兮破旧的铭仙睡衣里露出来，如枯萎的花瓣一样的脚背向着天花板，正酣然入梦的父亲的脸颊整个凹陷下去，暴露出眼窝和牙床。一个活人的睡相与他饿死时的尸骸更加接近。母亲大概体格比较健康吧，倒没有显出穷人家的贫相，丰满白皙的肌肤一直袒露胸前，双手自由自在地左右平伸，单膝屈起，沉沉入睡。

他们越是酣睡如泥，章三郎就越感觉他们可怜。这一对老夫妻终日在劳动和担忧中累得精疲力竭，他们凋落干枯的余生难道就只能交给夜间的熟睡？他们白天那平静的嘴唇和眼睑里，谩骂章三郎时那种怨恨的目光也是穷凶极恶，那种肆言詈辱不也声震遐迩吗？他们仿佛躺在章三郎的脚下，犹如在祈求儿子的回心转意。

“章三郎啊，救救我们吧。你不是我们的儿子吗？这么大的世界，除了你之外，还有谁能拯救我们呢？可怜可怜我们吧。请你痛改前非，对我们孝顺一点吧。”

那断断续续的呼吸声仿佛是时世艰难中的喘息哀叹声，在他听来究竟是一种什么样的话语呢？自己为什么对这一对可悲的人如此冷酷无情、厌恶憎恨呢？这可是自己可怜凄惨的父母亲啊，为什么对他们这样反感呢？……想到这里，章三郎心里很难受。

“这世上还有比自己更坏的人吗？我才是真正的忘恩负义者。是上天和上帝都抛弃的人。……父亲、母亲，你们就宽恕我吧！”

他情不自禁地双手合十。

“哥，你又来喝酒吗？”

以为一直睡着的阿富妹妹忽然睁开眼睛，那一双水晶般美丽明亮的眼睛直盯盯地看着章三郎：

“早就藏起来了，在这里你也找不到。叫你不要喝酒，哥，你为什么还这样没出息啊？……咱们家的厨房每天晚上都有大耗子出没，什么也不敢放在厨房里。”

病人用微弱的声音讽刺挖苦，痰一下子咳在喉咙里头发出沙哑声。

章三郎长久地惊悚而立，仿佛带着一种胆怯的感觉，凸显在几乎面无表情、透彻清亮的病人的眼里。然而，他的难以忍耐的厌恶感情终于爆发出来。

“小丫头，闭上你狂妄的臭嘴！”

他有点恶心地往妹妹身边走近两步，对着妹妹低声斥责道：

“瞧你这德行！站都站不起来的病人，就嘴上胡言乱语，颠三倒四瞎说些什么。我看你可怜没好意思说你，你就老实待一边去，别不知好歹，信口雌黄。用不着你对我指手画脚的，老老实实待着，像你这么一个病人……”

章三郎说完，觉得下面的话说出来过于残酷狠毒，连他自己都觉得愕然，所以稍微收敛含糊一点：

“……你啊，操心别人的事，还是多操心自己的事吧，我看你的作用也就这样子了。笨蛋！”

半夜里，病人没有说话，在闷热、安静的室内，那一双依然没有表情的眼睛，一直那么冰清玉洁般冷峻的眼睛直直地盯着章三郎。

“哥，你刚才吞吞吐吐想说的话，我心里都明白。反正我是快死的人了。”

她的眸子如这句话一样闪着亮光。

五

那一阵子，Masochist（受虐狂者）的章三郎找到一个无论什么都能听从他的妓女。他用尽各种手段，筹集嫖资，三天两头就跑到蛎壳町的低俗旅馆去找她。以交学费、买教科书等名义从日本桥的亲戚那里借来的学费全部作为嫖资自不待言，还从好不容易恢复关系的同学那里借来钱，也都赖账不还，甚至把从同学那里借来的书都卖掉，跑到水天宫后街的那个女人家里。可怕的恐惧和可怕的快乐奇异地交织着控制他的肉体，把他拖住，堕落入迷着魔的 Delirium（谵妄）的深渊。

离家三四天，总是深夜一两点才回到八丁堀的家里，章三郎四肢疲惫不堪，浑身散发着难闻的酒臭，整个身体就像棉花一样站立不起来，咣当当使劲敲打防雨窗，想把父母叫起来。

“怎么到这个时候才回来？而且使劲敲防雨窗，这还不把阿富吵醒啊？……像你这号人既不把父母当父母，也不把自己当儿子，还是快快滚开吧！再也不要回来了！”

家里满是父亲的怒吼声，章三郎在外面一听，就更加发狂地擂门。结果父亲气不打一处来，开门之前，章三郎还用脚踢了好几分钟的房门。

“你这混蛋！叫你滚开，你怎么不滚啊？你怎么不滚啊，混蛋……”

门刚一打开，父亲一把揪住章三郎的衣领，一拳往他的太阳穴使劲揍过去，这已经成为父亲对付他的惯例。

“他爸、他爸，算了，吵到左邻右舍了，别打了。……章三郎！你还愣着干什么，这什么态度！还不赶快向父亲道歉！”母亲站在两个人之间，抽泣地大声叫喊。

“你这混蛋！还站在这儿干什么！”

父亲一边乱打章三郎的头部，他的脸上满是泪痕，声音都变得颤抖起来。

然而，章三郎就是不道歉。母亲好不容易将暴怒的父亲拉拽到里屋去，但章三郎低着脑袋，倔强地站着，硬是不说一句话。连续几个夜晚令人刺激的寻欢作乐让他麻木不仁的头脑稍一摇晃就好像头晕目眩一样，父亲的一顿乱打反而让他得到一种彻底的快感，心情痛快。

六月末，连续几天的雨天终于少有的放晴，一天温煦的日子。四五天前病情恶化的妹妹喊住早晨七点即将出门上班的父亲，说道：“爸，今天我感觉特别寂寞，你哪儿也别去，就在家陪着我。爸……”

妹妹的声音还是那么凄凉而含带一点撒娇。曾经被章三郎骂为狂妄的臭嘴的病人，这一阵子明显地气力衰竭，仿佛回到七八岁小孩子时代的那种无知。一到晚上，她不喜欢一个人睡觉，要抱着父亲干瘦的手臂才能睡着。只要她躺在父亲的怀里，她就相信自己不会死去。

"她爸，阿富说今天好寂寞，你就在家里陪陪她吧。"

母亲接过女儿的话尾，对父亲使个眼色。

"那好，父亲今天不去上班，一整天都在家陪着女儿。"

父亲温和地答应女儿的要求，解开已经系好的和服前胸腰带。

从前一天傍晚开始，章三郎就在蛎壳町的低俗旅馆和那个女人约会，在他听见号炮[1]响过睁开眼的时候，那个女人已不在房间里。

"怪了，说不定今晚妹妹会死的。"

一种预感忽然浮上他的心头。而这种不可思议的预感却久久地停留在他的心里，挥之不去，如麇集的苍蝇一样在他的心头不断扩散。世间所说的那种"事前的预感""左眼跳"之类，他想这些话不就是形容自己此时的心情吗？他忽然间感觉到自己已经预知妹妹今夜就要死去，这是无可置疑的事实。

他作为哥哥，从来都是对妹妹的病情漠然视之，但今天可能是血缘的关系吧，他才有这种"事前的预感"，这是多么痛

1　号炮，明治至昭和初期，东京都内在丸之内于中午十二点放炮。

苦的心情啊。他怎么也无法相信，自己和妹妹具有如此深厚的骨肉之情。

下午一点左右，章三郎结账出门，身上还有两元钱，他打算今天之内一定要把这些钱花掉。

“喝酒，喝酒，只要有酒，心中的一切预感都会平静下来的。”——他晃晃悠悠走进人形町的一家啤酒馆的门帘。他接连灌下威士忌和正宗清酒，吃了滚烫的三盘热西餐，然后陶然然走出啤酒屋。正午的太阳如酒气熏天的妓女的喘息在他的脖颈上爬行，他差一点危险眩晕得要倒下去，不过幸好心里的预感已经烟消云散。

他忽然大声说道：“对了，现在去浅草，看完电影才回家。有意思……”

当天晚上，章三郎九点左右回到八丁堀的家里。当他打开格子门的时候，只听见母亲啜泣的声音：“章三郎啊，你早点回来啊！早点回来啊……”

在狭隘的六叠榻榻米的房间里，父母亲以及从日本桥过来的男男女女的亲戚们，都忍受着酷暑难忍的大汗淋漓，围聚在病人的枕边。

即将出嫁、脑袋上梳着花哨的高岛田发式的阿叶姑娘俯身在病人耳边低声说道：“阿富啊，阿富啊，哥哥回来了。”

母亲擦着通红的眼角说道：“真是不可思议，平时章三郎总是很晚才回来，就今天回来得这么早……”

病人似乎听到他们的话，想说什么话，但嘴唇僵硬，一个字也说不出来。她只是睁着如聪明的狗一样的眼睛，静静地凝视着章三郎的脸。

“阿富、阿富，你为什么这样盯着我！上一次我那样说你几句，也是因为我心情不好。你别这么瞪着我看，饶了我吧。好歹我也是你的哥哥啊。今天我还有预感呢……”

章三郎在心里这样默默念叨着，臭柿子般的酒气随着他沉重的叹息一起涌出来。

母亲对父亲说道：“她爸，请芳川先生再给打一针吧。”

“哟，要打一针，也不是不可以。可是，反正是一回事了，章三郎也回来了，大家都到齐了，也没有留下什么遗憾的了。打一针让她挺一会儿，其实她本人更难受。”

父亲说罢，他的嘴角显出一种痉挛的笑容。

从一切无可救药到呼吸停止这个痛苦的时刻，也就是病人一句话也说不出来的一个小时的时间。忽然，病人的嘴唇像蛞蝓的蠢动一样缓缓蠕动起来，说道："妈……我想上厕所。就这样拉就行。"

"啊，好的好的，就这样。"

母亲最后痛快地答应女儿的请求。

过了一会儿，病人恢复清醒意识，环视左右的人们，说道："啊，我真的很无聊，十六七岁就死去了。……可是，我没有痛苦。不知道死去的时候还这么快乐……"

所有的人仿佛都在洗耳恭听哲人的教诲。这些话才是即将脱离肉体而去的灵魂发出的临终的声音。话刚说完，病人就逐渐咽气。

"怎么回事呢？病人咽气的时候一般都会打嗝儿的，可是这孩子一点都没有。在戏里面的表演一般都这样……"

看着女儿临终的样子父亲感觉有点蹊跷地说道。刚刚死去的身子还有微小的动静。也许是肩膀的筋肉过于僵硬，甘蓝般的褪色的舌头从嘴唇之间垂出来。

母亲不成体统地、情不自禁地放声大哭，但在父亲的强烈制止下，只好咬着衣袖，俯身在女儿的遗体上泪水横流。

两个月以后，章三郎创作的一篇短篇小说发表在杂志上。他的创作手法与当时世间流行的自然主义的小说完全不是一个风格。这是他把脑子里发酵的怪异噩梦般的素材作为自己甘美芳烈的艺术。